长篇单口相声

乾隆拜刘州

孙福海 著

天津社会科学院出版社

图书在版编目（CIP）数据

乾隆拜蓟州 / 孙福海著. -- 天津 ： 天津社会科学
院出版社，2023.7
　　ISBN 978-7-5563-0891-0

　　Ⅰ. ①乾… Ⅱ. ①孙… Ⅲ. ①相声－作品集－中国－
当代 Ⅳ. ①I239.7

中国国家版本馆CIP数据核字(2023)第 107081 号

乾隆拜蓟州
QIANLONG BAI JIZHOU
选题策划： 韩　鹏
责任编辑： 王　丽
责任校对： 李思文
装帧设计： 高馨月
出版发行： 天津社会科学院出版社
地　　址： 天津市南开区迎水道 7 号
邮　　编： 300191
电　　话：（022）23360165
印　　刷： 北京盛通印刷股份有限公司
开　　本： 787×1092　1/16
印　　张： 14
字　　数： 175 千字
版　　次： 2023 年 7 月第 1 版　　2023 年 7 月第 1 次印刷
定　　价： 68.00 元

乾隆
拜蓟州

　　福海先生我们很熟，之前他写的关于相声的《逗你没商量》《不用偷着乐》《爱你很容易》三本书，分别讲的是史、趣、艺，这些书颇受业内外欢迎，其中两本也是我写的序。今日，福海兄又寄来《乾隆拜蓟州》，并嘱我写序。我曾编辑《中国相声大全》，其中一个重要目的，就是盼业内从博大精深的传统节目中举一反三、古为今用、推陈出新。但白驹过隙，鲜有令人满意的收获。今读福海此书，我认为是继承传统、推陈出新的范例，会让许多相声创作者开一开眼界，打开一些思路。

一、作品为长篇单口相声的发展注入新的活力

　　在过去，老艺人称长篇单口相声为"吧嗒棍"亦称"八大棍"。"八大棍"是相声发展中不可或缺的艺术形式，技巧高，分量重。老先生授徒时都是待青年相声演员步入中年后，才将每个艺人不同的"八大棍"精华予以传授，并准其演出。那么，在相声业内"八大棍"是怎样发挥重要作用的呢？一是"撂地"时，能"蔓"住观众，到关键处留下一个"扣子"，"扣"住观众不走，便于"打钱"；二是在相声场子中大都是由威望高的老先生用"八大棍"开场，因为那时都是零打钱，下午一点演到晚上九点半或十点，观众随便出入，喜欢听谁就听谁。比如让学徒开场，观众人少，演出效果差，得不到锻炼，容易半途而废；让主要演员开场，影响赚钱。老艺人用

乾隆
拜蓟州

"八大棍"开场，俗称"点买卖""把点开活"，根据台下不同观众演不同的节目，哪怕园子一开门才有十几个人，老艺人可以以聊天形式演出，观众可以提问，可以"抓现挂"，然后用故事和扣子"扣"住他们。引得观众第二天一早就来听"解扣"，有的观众听完扣子一宿睡不着觉，早早就到书场等着艺人开场解昨天留的"扣子"。有能耐的艺人能十分钟才把"扣子"一层层解开，什么时候看观众达半堂以上，适时一拍醒木，再留个"扣子"下台。这样，第二场演员便能在热烈气氛中演出。像天津的刘奎珍、杨少奎、班德贵、尹寿山、武魁海都是身怀绝艺，也都是为年轻人铺路的德高望重者。福海曾经讲过，在20世纪五六十年代初，这些老艺人为了给所在曲艺团创收，经常到书馆一演就是两个月，上座率高、异彩纷呈，十分难得。

近年较少有艺人说"八大棍"，一是"拿不动"，二是旧节目跟不上形势，不能"蔓"住观众。今天，我看见福海先生的《乾隆拜蓟州》，心中大喜。因为，它给长篇单口相声注入了新的生命力。

过去传统的"八大棍"，乾隆与刘罗锅儿、与和珅、与纪晓岚的段子特别多，耳熟能详的有《君臣斗》《乾隆下江南》《刘墉传》，等等。这些段子都是取材于评书《刘公案》，《刘公案》最早的文字版本为清代北京车王府所藏。聪明的相声艺人取其精华，二度创作，每个人的版本都不一样，每个人都有别人难以仿效的绝技。在相声发展的历史中，能说上述书的有影响的演员是"万人迷"（李德锡）、张寿臣、马德禄、郭瑞霖等。到20世纪50年代就有了优秀继承者刘宝瑞、杨少奎、刘奎珍、武魁海等人。据武魁海的弟子魏文亮讲，他师父在演出即将结束时，留的大扣子，还是一个大"包袱儿"，他们虽无文化但创作力非凡，苏文茂讲他和张振圻"撂地"时，张振圻表演了一个单口长篇，一个多月，吸引观众天天来，连苏文茂也都

如醉如痴。然后他问："师叔！这段我怎么没听过？"张振圻哈哈一笑说："谁都不会，学着点儿，这是我花五分钱看了一场电影，现编的。"艺人们的绝技，可见一斑。

二、作品巧妙地继承运用即将失传的传统精华

俗话说"看戏看轴，听书听扣儿"，在长篇单口相声中，"扣子"是精华，近年由于新编长篇单口相声的创作落后于时代发展，已有的传统长篇单口相声，内容大都不能引起观众共鸣，所以与市场和观众渐行渐远，其中表演手段中的精华之一——"扣子"，也濒于失传。而在这部书中，我们看到多种"扣子"的巧妙应用，如"埋扣""子母扣""连环扣""扣中扣"等都欣喜地在书中见到。在"埋扣"的运用中，采取"单埋和多次埋"，像"杀和珅"，这是观众想知道的情节，便采取"多次埋"，在第二部分《乾隆为何拜蓟州》中先埋上："……不知您是否能信，包括'杀和珅'，也是蓟州百姓首先向朝廷发出的呼声"，但不"解扣"。第二次埋此扣是乾隆晚年发现和珅贪腐，不杀江山难保，但自己已88岁高龄，和珅掌握着兵权，自己力不从心。他是怎么巧妙地交代给继位者嘉庆的？第三次"埋扣"，是乾隆驾崩，埋一个运用何手段快速剥夺和珅兵权，快速杀和珅的扣。每次"埋"不能重复，层层升级，把"扣子"越系越紧，也就是越来越吊观众胃口，最后"解扣"时观众才大呼过瘾。再有"埋扣"要融入故事中，感觉自然。

"连环扣"，该书用得比较多，大都在每一章的结尾。在每一章的结尾处，留"连环扣"，就是三个以上紧密相连的"扣子"，便于让观众第二天早早地"听书送钱来"。

"扣中扣"，长篇单口相声与评书不一样，不能平铺直叙地讲故事。在故事中"拴扣子"，在破山东巡抚李国泰贪腐案中，拴和珅受贿的"扣

子", 不"解扣", 连接和珅陷害刘墉的扣。

在"赞"和"赋"的运用上, 该书继承挖掘传统精华, 无论是人物开脸、服饰、街景等, 都能烘托气氛。树立人物形象, 展现风土人情, 更能显现相声演员的基本功, 往往一段赞赋之后演员能用贯口的技艺博取观众的喝彩。

比如, 现在相声描写"美人"很乏味, 大多是相声《美人赞》的用语, 而此书在和珅见到村姑时, 村姑不同城里人的"美人赞"。此外, 妓院之中的"美人赞"、迷倒乾隆的萧晶玉的"美人赞"也都各有特色。这是作者对传统相声精华、手段的进一步传承和提升。

最后, 就是史实和文学性, 该书纠正了许多与史实不符的错误, 在兼顾文学性的同时也提高了单口相声的故事真实性, 让人听着既符合事实、讲情讲理, 同时还具有相声语言格调的提升。

三、作品弘扬中华民族博大精深的传统文化, 增强文化自信

形式是为内容服务的, 运用传统优秀技巧, 为弘扬中华传统文化服务, 此书是个典范。过去的《君臣斗》等乾隆与刘墉、刘墉与和珅的节目, 一是从史实角度大都不合理, 再有就是内容上主要突出的是"趣儿"。作者巧妙地用过去的传统技巧, 弘扬中华传统文化, 用乾隆对蓟州的一个"拜", 诠释了轩辕黄帝在蓟州崆峒山求道广成子, 寻得治国理天下的真谛; 通过乾隆的"拜", 和历史上的帝王, 如朱元璋、赵匡胤、曹操、康熙, 以及诸多文人, 如雅士李白、杜甫都拜山寻灵感; 通过乾隆"拜"窦燕山, 知道《三字经》中"窦燕山, 有义方, 教五子, 名俱扬", 即"五子登科"的典故, 乾隆还亲率京城皇太子王爷子弟, 寻"育子"真谛; 通过乾隆的"拜", 知赵孟頫成为书法大家得益于鲜于枢, 且乾隆临鲜于枢之帖不

辍，点评鲜于枢鲜为人知的书法特点；通过乾隆的"拜"，知宫廷鲜有世间难寻的三件宝，即刘念拔的"寿"、严嵩的匾、李白的醉写；通过乾隆的"拜"，寻知长城之魂；通过乾隆的"拜"，知九龙山周边村庄从无不治之症；通过乾隆的"拜"，知理教发源地和儒、佛、道融合的最佳之地……在一段长篇相声的故事里可以听到中华民族文化的博大精深、繁星浩瀚。

弘扬中华优秀传统文化，曲艺工作者责无旁贷。这本书，福海兄开了个好头，盼"八大棍"这个观众喜欢的艺术形式能如雨后春笋般不断出新。

写上面的话，完成福海先生的嘱托，不知讲得妥否，供同仁批评。

姜 昆

2022 年 11 月

乾隆
拜蓟州

目

录

乾隆
拜蓟州

大清江山一统，

军乐民安太平。

万国纳奉来进贡，

齐赞盛世乾隆。

蓟州名扬天下，

皇上情有独钟。

多次来蓟祭拜，

和珅刘墉随行。

君臣之斗趣无穷，

治国安邦圣明。

　　几句定场诗之后，先讲乾隆，乾隆功过是非，不可戏说乱评。史实必须要尊重，下面咱先讲第一回。

乾隆
拜蓟州

 一、如何看乾隆

乾隆（爱新觉罗·弘历）是个什么样的帝王？在中国历史上，清王朝建立二百多年，"康乾盛世"就占了一百三十多年。乾隆在位的六十年中，正值我国最后一个封建王朝的鼎盛时期，他文治武功业绩卓著，特别是在巩固边防，保卫疆土上，有不可磨灭的历史功绩。

历史上关于乾隆并非雍正之子的传说，纷纷扬扬，历二百余年而不衰。这个传说是：雍亲王妃钮祜禄氏与海宁人陈世倌之妻同时生产而且年月日相同。钮祜禄氏用自己的女儿换来了陈世倌的儿子，这个儿子就是后来的乾隆。这些传说是怎么来的呢？据查，蔡东藩先生的《清史通俗演义》、许啸天先生的《清宫十三朝演义》、金庸先生的武侠小说《书剑恩仇录》还有一些评书及相声艺人，都从此说。

经考证，我认为这个传说，无论从清皇族的礼法上，还是当时的世事情理上，都站不住脚。因为弘历出生之时，其父雍正皇帝还只是个亲王，并不是皇帝。而且，弘历是雍正的第四子。在弘历之前，雍正已有三个儿子，没有理由因为继位需要去换别人的儿子。特别是当时满族入关不久，皇族中都是严禁满汉通婚。换一个汉人的儿子，将其混杂于皇族之中，更是大逆不道的行为，是要杀头的。因此，这个传说不可信。

据《清史稿》记载：弘历生得高鼻梁，身材修长，生性聪敏，六岁就学，过目成诵。他学文于庶吉士福敏；学射于贝勒允禧；学火器于庄亲王

允禄。

康熙六十一年（1722），康熙在圆明园见到了弘历。康熙皇帝见这个只有十一岁的小孙子聪明伶俐，举止大方得体，非常喜爱。于是，带入宫中，亲自授课。就在这一年，康熙带孙子弘历到木兰围猎，打到一只熊。面对受重创的熊，康熙让小弘历上前把它打死。突然，受伤的熊直立而起，小弘历坐在马上并未惊慌，康熙急用火枪把熊击毙。回帐后，康熙对温惠皇妃说："此子命大福贵，将超我。"

因此，历史上有人认为：雍正能继皇帝位，也是沾了弘历的光。而在雍正继皇帝位后，诸王争夺储位处于残酷斗争中。他深知过早地公开太子之位，不仅使太子长时间成为众矢之的，而且由于地位的优越，也容易使太子骄矜、失德。于是他改变了以往的办法，于雍正元年（1723）八月，写好了立弘历为太子的密诏，封藏于匣内，放到乾清宫"正大光明"匾后。从此，这种立密诏的办法，就成了清王朝传皇帝位的祖宗家法。雍正十一年（1733）一月，弘历被封为和硕宝亲王。在之后的平定准噶尔叛乱、平定西南叛乱中，他都参与了军机，锻炼了军事组织才能。

雍正十三年（1735）八月，雍正病亡于圆明园。庄亲王允禄等人奉命开启雍正元年册立皇太子的密封："宝亲王皇四子，秉性仁慈，居心孝友，圣祖仁皇帝于诸孙之中，最为钟爱，抚养宫中，恩逾常格……今既遭大事，着继朕登极，即皇帝位。"九月，弘历于太和殿登基，改年号为乾隆。这一年，他二十五岁。

乾隆登基后，在多个方面的举措令朝内外刮目相看。在政治上，他一改前朝的严酷高压政策，实行宽厚的怀柔政策。在雍正皇帝在位的十三年中，严待兄弟，甚至给亲兄弟改名为"阿其那"（满语，意为狗）、"塞思黑"

乾隆
拜蓟州

（满语，意为猪）；政见不同者不杀则抓，终身禁锢。他不仅治诸王朋党，而且治朝臣朋党。年羹尧、隆科多拥立雍正有功，但专权骄纵、广结党羽，一个被赐死，一个被禁锢而亡。再加上雍正在位期间兴文字狱，结怨极广，上下一片肃杀气氛。乾隆继位后大做平反文章，凡宗室人等被禁锢的一律释放；恢复"阿其那""塞思黑"的皇亲贵族名誉。恢复了年羹尧、隆科多的名誉，把押在狱中的大将军岳钟琪释放出狱，后委以重任。甚至在文字狱中被杀的汪景祺、查嗣庭的家属，也被释放出狱。乾隆平反历史旧案，使统治阶级内部矛盾得到缓解。此外，他自己的兄弟骨肉，都予以加封；已故的兄弟，也追封赐谥。乾隆初年，政治上出现了开明、清朗的景象。

在经济上，乾隆在位六十年，达到了清王朝建立以来的最高峰。当时，全国人口超过三亿，耕地面积达到741万余顷，兴修水利也取得很大成效。所以，当时一般亩产两至三石，高产则能达到五至六石，湖广地区有的亩产能达到六至七石。因此有"湖广熟，天下足"之誉。乾隆年间，手工业也有较大的发展，特别是丝织、棉纺织业发展最突出。所谓松江织布，湖广缫丝"衣被天下"，甚至行销海外。全国的大小城市、集镇，在这个历史时期也繁荣起来。以商业为目的，以雇佣劳动力为主要生产方式的资本主义生产关系的萌芽，在南方持续发展。杭州、苏州、南京的丝织业，松江的织布业，景德镇的制瓷业，广东佛山镇的铸铁业等，在当时都很有名。

经济上的发展，促进了中央集权、多民族统一国家政权的巩固。乾隆年间，清王朝的版图，北至恰克图，南到南海诸岛，西至葱岭，东到外兴安岭、库页岛。新疆、西藏、内蒙古等边境地区，都在清王朝的版图之内。

当时，全国设十八个省及两个直辖地区（顺天府和盛京）。大清帝国，在当时已成为一个幅员辽阔、国势强大的统一的多民族国家。土地面积高达300多万平方公里。

在国际地位上，多国定期朝贡。乾隆四十一年，即1776年，美国才建国。乾隆皇帝根本看不起西方国家，连英国使臣马戛尔尼想拜见乾隆，商讨建交、通商事宜，追到承德避暑山庄，乾隆也是见一面后，由和珅应酬。对于通商，当时傲娇的乾隆皇帝自然是一口回绝，还给英国国王写了一封信。信中毫不客气地回应道，中国地大物博，不需要英国的"好物"。

朝鲜、越南、泰国、琉球等国国王登位，也需乾隆批准。这样一个在历史上功勋卓著的皇上，为什么要拜蓟州？拜何处？有何史实？下面细讲。

 二．乾隆为何拜蓟州

　　为什么讲乾隆拜蓟州？历史上到过蓟州的皇帝、名人比比皆是，而乾隆最具代表性。乾隆皇帝为何"拜"蓟州？而我为什么不说他下盘山？

　　当今，人们都熟悉"早知有盘山，何必下江南"这句在民间流传久远的乾隆赞语。但此句的出处不详。

　　据查：乾隆登基后的第四年，即继位后第一次登盘山是乾隆四年（1739），而第一次下江南是乾隆十六年（1751）。下江南，是在登盘山十二年之后，在这十二年间，乾隆九次下盘山。而且还不算其登基之前，雍正十一年（1733）随雍正来盘山。

　　乾隆即位后，在去江南前，来盘山的时间如下：

　　（1）乾隆四年秋，乾隆于九月十七日谒陵回銮，幸盘山；

　　（2）乾隆七年（1742）秋，帝于九月十六日谒陵回銮，幸盘山；

　　（3）乾隆八年（1743），帝于盛京谒陵回京，经蓟州，未登盘山。但有《望盘山》诗一首；

　　（4）乾隆九年（1744）秋，帝于十月二十日至二十一日，自汤山至盘山，驻跸二日；

　　（5）乾隆十年（1745）春，帝谒陵回銮，于二月十九日至二十一日幸盘山，驻跸三日；

　　（6）乾隆十二年（1747）春，帝谒陵回銮，于二月十四日至十七日幸

盘山，驻跸四日；

（7）乾隆十三年（1748）秋，帝自京起銮，于闰七月十九日至二十二日幸盘山，驻跸四日；

（8）乾隆十四年（1749）秋，帝塞上行围回銮，于九月十七日至二七一日幸盘山，驻跸五日；

（9）乾隆十五年（1750）秋，帝于八月谒陵，途中经盘山，自八月二十一日至二十三日，驻跸三日。

从出版记载：乾隆为盘山共赋诗1701首，可以看到，他认为盘山名胜与江南著名风景相比，毫不逊色，完全可以与江南比美。

但"早知有盘山，何必下江南"之语，是说"下江南"之后才知盘山。我的拙见：把"早知有盘山，何必下江南"改一个字，就合理啦！那就是：

　　　　既知有盘山，何必下江南。

这个意思就变成"我去九次盘山之后，又去了江南，两地一比较，江南还不如盘山；盘山离京城还这么近，既然两地差不多，也没必要舍近求远"。

所以，乾隆去盘山三十二次，下江南只有六次。乾隆无论去盘山还是下江南，都不是游山玩水，而是寻求治国安邦良策，体察民情，维系人心；寻名士，觅人才。乾隆自己说过：

　　　　予向来吟咏，不屑为风云月露之辞，每有关政典之大者，必有
　　　　诗记事。

乾隆
拜蓟州

　　这是他写诗遵循的信条，因此，观其在蓟州所作山川景色之诗，也大都是破除前人以讹传讹，对历史传说给予订正。

　　康雍乾三帝为清朝都是鞠躬尽瘁，仅举雍正之例，史料载：雍正皇帝在位十三年，"日夜忧勤，毫无土木、声色之娱"；用一年休三天、一天睡四个小时，十三年批阅奏折字数达 1000 万字以上的"殚精竭虑"为乾隆时期的"鼎盛"打下了坚实基础。乾隆也是如此，其在蓟州，每日都有快马将上报朝廷的奏折送呈过来，无一日延误，可以说乾隆日理万机，是个勤政的皇帝。

　　当今人们有所误解：乾隆去盘山，是被风景吸引，是游山玩水。这样宣传是吸引游客旅游，乾隆都来了，您能不来看看吗？这就忽视了史实，忽视了文化。我们是否也应该到乾隆祭拜之处去看一看，了解中华文化的历史、文明和底蕴，知道蓟州有什么别地不及而引以为傲之处呢？

　　乾隆谒陵回銮，首先是进蓟州，绝不仅仅是去盘山。这 1701 首诗中，也绝不是全在盘山所作，包括来盘山的十二次，乾隆共来蓟州六十次。乾隆在蓟州有五座行宫，盘山只是其中一座。蓟州是清朝皇帝去东陵谒陵祭祖的必经之路，因此乾隆皇帝除在盘山建行宫外，在蓟州还有四座行宫，这四座行宫从西到东依次是：位于城西的白涧行宫、城内的独乐寺行宫、城东的桃花寺行宫和隆福寺行宫。

　　乾隆在蓟州的诸多传奇，令人惊叹。不知您是否能信，包括"杀和珅"，也是蓟州百姓首先向朝廷发出的呼声。所以，说"拜"，就是乾隆在"拜"之后，提高了自己的治国理政之策；说"拜"，就是乾隆在蓟州百姓、名士中得到了思想升华和感悟；说"拜"，就是乾隆将自己身上发生的谬误在此公示于众；说"拜"，就是乾隆在此寻得万里长城之"魂"；说

"拜"，就是乾隆亲率皇太子和亲王、王爷子弟在此寻育子之方；说"拜"，就是乾隆认为蓟州有宫迁没有之宝；说"拜"，就是在"拜"之中有许多鲜为人知的故事、趣闻，令人捧腹。

"拜"蓟州，他身边带了两位得力的大臣，一武一文，一满一汉。一位是满中堂、武英殿大学士、兵部尚书、九门提督和珅；另一位是汉中堂、文华殿大学士、吏部天官，左都御史刘墉。

乾隆在去蓟州之前召见刘墉时没想到，他竟被刘墉骗得每年两万的俸禄，这到底是怎么回事儿呢？

 三．刘墉讨封

　　有人说，刘墉的外号儿叫"罗锅儿"，在某些电视剧和艺人口中，还把刘墉描绘成塌腰驼背，甚至是水蛇腰的形象。这可大错特错，刘墉并非罗锅儿，要真是罗锅儿也入不了阁，当不了中堂。按清朝的制度，凡六根不全，有残疾的人，不能当官。刘墉是什么官儿啊？当朝一品，文华殿大学士、汉中堂。那能是罗锅儿吗？他非但不是罗锅，而且还一表人才。

　　那么，为什么都管他叫刘罗锅儿呢？是因为乾隆封他为"罗锅儿"。封官儿有封罗锅儿的吗？也不是真正封的，是刘墉跟皇上讨的。到底是怎么回事儿呢？因为刘墉这个人，能写会画，学问好，老趴在桌子上念书写字。天长日久，他走路有点猫腰，不像武官腆胸叠肚。那天，皇上召见，他往品级台前一跪，乾隆一瞧，顺嘴儿说了一句："刘墉，你猫腰这么一跪，不成了罗锅儿了吗？"刘墉一听这话，赶紧磕头："谢主隆恩。"

　　皇上一愣："嗯？你谢的什么恩哪？"

　　"谢万岁封我为罗锅儿。"

　　乾隆乐了，说："嗐！我封你罗锅儿有什么用啊？"

　　"有用，臣我每年能多领两万两银子的俸禄。"

　　这是怎么回事呢？清代有个规矩，皇上亲口封一个字儿，每年多领一万两银子，就拿光绪年间的西太后慈禧来说吧，她每年多领十六万两的胭粉银。因为她受封十六个字儿：慈、禧、端、佑、康、颐、昭、豫、庄、诚、

寿、恭、钦、献、崇、熙。一个字一万两，十六个字，十六万两银子。

今天，刘墉谢恩，说皇上封他"罗锅"，罗锅——俩字，每年能多领两万两银子。乾隆一听，心里想：这不是诓我吗？我有钱，也犯不上这么花呀！

皇上喜欢刘墉，也经常和他斗智，他觉得斗智是增长智慧，同时也增加宫廷内的趣味。说："刘墉，朕并非封你为罗锅儿，我呀！就是这么一比方，说着玩儿哪。"

刘墉说："万岁，君无戏言，这是您说的，如果您说的话不算？就是君有戏言啦！"

皇上赶紧说："算！算！"

乾隆一琢磨："算是算了，每年你多得两万两银子。不行！我的智商也不低，你拿不走这两万两银子。"他说："刘墉，大清国祖制所定，六根不全、相貌丑陋之士，不能为官。你既讨封为'罗锅'，罗锅儿乃属有残疾之人，朕当无法再用爱卿，你辞官回乡去吧。"

这皇上心想："你回家抱孩子去，我不用你了。刘墉准得说：'罗锅'俩字儿我不要了。而且官儿没啦，罗锅俩字儿无形中也就取消了。两万两银子我省下啦。你要是求我，我再戏耍你。"

您瞧这皇上算计得多好啊！但刘墉机灵！一听就明白了：哦，你这是变着法儿想不花钱哪。他说："万岁！罗锅儿并非残疾之人。"

乾隆说："就算不属残疾人，那也是相貌丑陋，从古至今，哪有相貌丑陋之人，在朝为官的呢？"

刘墉说："有啊！后汉三国，庞统、庞士元。生得黑面短须，秃眉掀鼻，算是相貌丑陋吧！但官至中郎将，副军师，封关内侯。貌丑而才高，不妨

封侯拜相!"

　　乾隆心想:他还真找着这么一位,庞统模样儿长得是真够惨的,后来可也真做了大官儿……"哎!"乾隆又有词儿啦:"刘墉,庞统有帅才呀。统兵布阵,深得六韬。却无文才呀。你看人家诸葛亮,有《出师表》和《后出师表》流传于世。你多会见过庞统的诗词文章?像这样不全之才,不足一提。"

　　"噢,庞统有帅才无文才。"刘墉眼珠一转,有了:"万岁,东晋陶潜,陶渊明,人称五柳先生,著有《归去来辞》,写过《桃花源记》,曾任参军,当过县令,够全才了吧?"

　　乾隆说:"不错!"

　　刘墉说:"万岁可知,陶渊明是斜眼儿?"

　　"啊?陶渊明是斜眼儿?"皇上愣让刘墉给气乐了:"刘墉啊,陶渊明什么时候成斜眼儿啦?"

　　"万岁,他生来就是斜眼儿嘛。"刘墉说。

　　乾隆问:"嗯?谁说的?"

　　"他自己说的呀!"刘墉答。

　　乾隆说:"他自己说的?你听见了是怎么着?刘墉,陶渊明说自己斜眼儿有何为证呢?"

　　"万岁,陶渊明有首诗,叫《饮酒》,您可曾记得?"

　　乾隆说:"朕当然熟知,还经常吟诵呢——采菊东篱下,悠然见南山……"

　　刘墉说:"哎,对!就这两句,便足可证明他是斜眼儿啦。""怎么哪?"

　　"万岁您想啊,他采菊东篱下,悠然见南山,在东边儿采菊,能看见南

边儿的山，这不是斜眼儿吗？"

嘿！乾隆一听，哎！你怎么琢磨的来着，得啦，没词儿啦！只好说："既然陶渊明是斜眼儿，你这官儿，还接着当吧。""臣，谢主隆恩！"

刘墉这官儿保住了。官儿一保住，罗锅俩字儿就算有了，两万两银子也跑不了啦。

乾隆想："我要不把"罗锅"俩字儿给你去掉，我妄为一朝之君。"说："你既然是罗锅儿，我再赐你一首《罗锅儿诗》吧！"心想：你听完这首诗，肯定会求朕把"罗锅"俩字去掉，否则自取其辱，朝廷百官会笑话你："为了钱，连人格都抛在脑后啦！"

刘墉一听，什么？《罗锅儿诗》？噢！想作诗气我。来吧，还不定谁把谁气了呢！刘墉说："微臣恭候万岁赐诗。"乾隆这首《罗锅儿诗》是这么作的：

> 人生残疾是前缘，
> 口在胸膛耳垂肩。
> 仰面难得观日月，
> 侧身才可见青天。
> 卧似心字缺三点，
> 立如弯弓少一弦。
> 死后装殓省棺椁，
> 笼屉之内即长眠！

刘墉一听：太损啦！"口在胸膛耳垂肩"，我嘴跟胸膛连在一起，耳朵

长在肩膀上？太难看啦！"仰面难得观日月，侧身才可见青天"，我得侧着身子才能看见天？"卧似心字缺三点，立如弯弓少一弦"，我站着都缺个弦？尤其是最后两句最气人——"死后装殓省棺椁，笼屉之内即长眠"，我这么大人，死了窝在笼屉里都直不了腰？

虽说刘墉心里生气，可脸上没挂出相儿来，不动声色。乾隆暗笑，得意地拿眼悄悄一看：呦！还真沉得住气呀，行，我再气气你。乾隆说："刘墉，朕刚才作了一首《罗锅儿诗》，这回命你对诗一首，如何？"

"啊？"这叫"楼上楼"地气人，刘墉明白：你寒碜了我，还让我自己寒碜自己。我今天就要"罗锅"这俩字儿，我不但吃定你每年两万两银子，而且我还要气气你。

刘墉说："臣遵旨。"刘墉这诗是怎么作的呢？他说：

驼生脊峰可存粮，

人长驼背智谋广。

"驼生脊峰可存粮"，骆驼号称"沙漠之舟"，在大沙漠里走多少路，渴不死、饿不死，就因为脊背上有驼峰。刘墉接着说："我这点儿能耐呀，全在这罗锅儿上啦！"

文韬伴君定国策，

武略戍边保家邦。

臣虽不才知恩遇，

诚索万岁赐封赏。

乾隆
拜蓟州

别看罗锅字不多，

每年得银两万两！

乾隆一听："他把我气着啦！"心想，你刘墉的智商就一定比我乾隆高吗？好！我带着你与和珅一起去蓟州，我让你与和珅互斗，然后我再从中找碴儿，把你"罗锅"二字去掉，同时还得让满朝文武都知道朕的智商比你们都高。

乾隆一进蓟州，就给刘墉与和珅出了一系列难题，然后是一场智慧与应变能力的较量，这是怎么回事儿呢？

四、乾隆拜崆峒山

　　乾隆带着刘墉、和珅从遵化拜谒东陵，班朝回京，首先踏进的就是蓟州。百姓跪立街道两旁恭迎乾隆，那真是盛世之君，乾隆喜骑马，不坐轿，着装是大元帅。这个阵势就是历代帝王不能比。乾隆一进蓟州，就听号角、鞭炮齐鸣，人喊马叫。

> 长枪手护住马头，
>
> 短刀手护住马腿，
>
> 盾牌手护住阵门，
>
> 马箭手压住阵脚。

　　看旗帜招展：一龙旗，二凤旗，三虎旗，四豹旗，五子登科旗，六六大顺旗，七星旗，八卦旗，九索连环旗，十面埋伏旗。

　　旗帜迎风飘扬，扑棱棱，三根飘带，上坠压角金铃，风吹铃动，嘀嘟嘟连声作响。众旗簇拥之下：一匹白龙闪电驹，名为霄霜狮子兽。这匹马，长有一丈，高有八尺，金鞍玉蹬。

　　乾隆坐在马上，面如三秋明月，目如朗星，玉柱鼻，端四方，海阔口，见角见棱，一对大耳轮。头上戴一顶帅字盔，十三层高挑。内镶一颗宝珠，光华灿烂，嗤嗤乱打钩魂闪。身穿龙鳞，七十二块龙鳞，每块镶四颗宝珠，共二百八十八颗。护心镜，大如冰盘，圆如秋月，光射百

尺。一双虎头战靴钉金钉，翻卷铁荷叶，倒挂飞鱼尾，外边披一件素白蟒袍，腰系蟒翻身，龙探瓜，嵌八宝玉带一条。马鞍桥，斜担一杆亮银枪，长有丈二，粗赛茶盏，尺半长鸭子腿，斗大素白缨，内藏五把倒刺钢钩，三把朝阴，两把朝阳，恰赛扒皮怪蟒，犹如酒醉蛟龙。左边挎一张治国安邦宝雕弓。走兽壶，斜插狼牙箭。腰中挎一口斩将诛敌的昆吾宝剑。背后背一根打将亮银鞭。威风凛凛，杀气腾腾，尤如猛虎下山，酷似出海蛟龙。

蓟州的百姓看到乾隆的队伍，觉得自己都豪气中天，八面威风。

马上的乾隆问和珅和刘墉："两位爱卿，知道朕为什么向往蓟州吗？"

和珅说："奴才在。"

当时在清朝，满官称"奴才"。汉官称"臣"，和珅是满官，所以得说"奴才在"。他要抢先回答，为什么？因为他知道乾隆要来蓟州，便把蓟州的情况摸了个一清二楚，为显示自己的多才博学，把功课做足了。所以他说："启禀万岁！奴才知蓟州乃'千年古县'，历史悠久，我们的祖先很久以前就在这里繁衍生息，蓟州夏商属冀州、幽州；燕昭王设无终邑；秦统一后，置无终县。以后虽名称、归属多次更易，但始终为州、郡所在。历史上，周公奭的燕国、春秋时的无终国、秦汉之际的辽东国、汉霍光的博陆侯国、隋末农民起义的高开道燕国，都曾定都于蓟州。"

"嗯！六朝古都。"乾隆高兴，接着问："当今蓟州对我大清的意义是什么？"

和珅说："蓟州战略地位重要，扼关东之咽喉，处塞外之要关，历史上为兵家必争之地。秦始皇东巡、曹操北征乌桓、唐太宗东征高丽、高开道

乾隆
拜蓟州

称王、辽金宋三朝争蓟、戚继光镇守蓟镇。此处有'畿东锁钥'之称。"

紧接着和珅用手一指,没想到,进入蓟州城关,百姓跪在两侧,异口同声喊:"皇恩浩荡,万岁!万岁!万万岁!"

然后,和珅高喊一句,乾隆爷"放生……"在笼子里关着的一百多只鸟,全部飞出笼子。时间不长,这些鸟又全都飞回来,其中,许多鸟学人语——"皇恩浩荡,万岁!万岁!万万岁!"

乾隆惊喜并纳闷儿:"为什么飞出去的鸟,又都飞回来了?"和珅紧接高喊:"皇恩浩荡,万物有灵,这是'百鸟朝圣'。"

乾隆龙颜大悦,高喊一声:"赏!从蓟州上缴税款中,奖励和珅500户税收之粮。"

这是怎么回事儿?原来和珅看见刘墉讨封"罗锅"俩字,每年得赏银两万两,他生气,眼红,心想"我怎么才能压过你刘墉呢"?有啦!他让自己的得力手下和喜,提前来蓟州安排,按庄稼地每亩加派"迎帝捐"。清代,每年收捐两次,上半年叫"春捐",下半年叫"秋捐"。春捐按规定,每亩一斗,今年和珅不这样儿,为欢迎皇上到蓟州,每亩增半斗,外带俩鸟儿。

啊?交"捐"有交鸟儿的吗?

原来是和珅找来一江湖驯鸟艺人,让他驯鸟,放飞之后,还能够回笼。百姓的心里骂呀,这是和珅给蓟州百姓欠下的第一笔债。和珅得到赏赐之后,更加高兴,说:"圣上临幸蓟州,是百姓的福分,是蓟州的福分。"

乾隆得意地看了刘墉一眼,说:"刘爱卿对我到蓟州有何高见呢?"

刘墉说:"臣以为,圣上到蓟州不能说'临幸'。"

"啊?"这还了得,和珅给乾隆拍马屁,乾隆高兴,乐得都合不上嘴儿,你却反其道而言,说皇上到蓟州不能说"临幸",这不是贬低皇上吗?

乾隆脸不变色，说："此言何讲？"

刘墉说："走进蓟州古城，一眼就可望见古城的靠山——崆峒山，又称府君山。此山奇洞密布，形似笔架，与古城相映相倚，浑然一体。这是轩辕黄帝登崆峒山，问道广成子的神圣之山。广成子通晓治理天下最正确最完善的道理。轩辕黄帝为向广成子请教，用膝盖爬行，跪求广成子，后按广成子教给他的至道，遵循自然规律来治理天下，华夏变得五谷丰登，万民安乐，得到百姓的拥护和爱戴。黄帝作为华夏民族的祖先，后世君主们纷纷效仿。周穆王乘八骏访西王母于泾川瑶池，后登崆峒。秦始皇，平定六国之后也登崆峒。汉武帝，处处效法黄帝，黄帝败炎帝战蚩尤，武帝大肆征伐，西登崆峒。武帝登临，有司马迁陪同，这在《史记》中记载得非常详细。此后历代文人名士，题咏盛赞崆峒的佳篇妙笔，云蒸霞蔚，洋洋大观。司马迁、王符、杜甫、白居易等文人墨客留下了大量有关崆峒山的诗词、华章、碑碣、铭文。秦皇、汉武效法黄帝登崆峒，提出的是一个'拜'。"

这时，和珅不甘拜下风，说："轩辕黄帝的传说很多，北到燕山以北的涿鹿，东到山东曲阜，古代的寿丘，西到陕北高原，南到浙南的缙云山区，还有黄河中游的一些地方，都做轩辕黄帝的文章。怎么能说轩辕黄帝求道广成子是在这座崆峒山呢？"

刘墉说："前朝嘉靖，我朝的《蓟州志》，对崆峒山都有著述，并有黄帝登此山问道广成子的记载。我大清圣祖仁皇帝康熙爷也曾在这里拜崆峒山，为此，丈烟台村后有座山就叫康熙岭。"

言外之意，连你爷爷都拜崆峒山。难道你能在你爷爷拜访之处说"临幸"吗？"望圣上明鉴。"

乾隆皇帝不是昏君，否则各国使节每年朝圣进贡，他们不成傻子了

乾隆
拜蓟州

吗！尤其是提到他的爷爷康熙，他心服口服。

咱前文说道，乾隆十一岁时，被爷爷康熙看中，带到宫中亲自授课教导。也正是他的爷爷开创了大清盛世。

当今的"戏说"，把康熙说得一塌糊涂，甚至有的学者否认康乾盛世。我在这儿借用我们文艺界的老朋友、大文豪老舍的一段经历来谈一谈康熙：

1960年4月，著名作家老舍参加一次重要会议，在会议休息期间，老舍找了一个安静的地方，坐下来休息。

可就在这个时候，毛主席、周总理等领导人也向这边走了过来。老舍见状，连忙站起来要离开让地方。但是，毛主席已经看到了他，就对他说："一起坐一坐，说说你们满族人。"

听到毛主席的话，老舍也不好意思再走了，就坐了下来，但是他也不知道毛主席为什么要说满族人。

大家坐下后，毛主席便开口了，说："满族是个了不起的民族，对中华民族大家庭作出过伟大的贡献，清朝开始的几位皇帝都很有本事的，尤其是康熙皇帝。"

老舍这才明白过来，原来毛主席是要讲康熙，就竖起耳朵听听毛主席是怎么评价康熙皇帝的。

毛主席这次评价康熙皇帝，主要讲了他的三个伟大的贡献。

康熙皇帝的头一个伟大贡献，是打下了今天我们国家所拥有的这块领土。我们今天继承的这大块版图，基本上都是康熙皇帝时牢固地确定了的。

他三征噶尔丹，团结众蒙古部，把新疆牢牢地守住。他进兵西藏，振兴黄教……打败准噶尔人，为维护西南边疆的统一，迈出了关键的一步；他进剿台湾，在澎湖激战，完成统一台湾的大业；他在东北收复雅克萨，组织东北各族人民抗俄斗争，和沙俄签订《尼布楚条约》，保证我永戍黑龙江，取得了独立自主外交的胜利，为巩固东北边疆作出了重大贡献。

康熙皇帝的第二个伟大贡献，是他的统一战线政策。

满族进关时，兵力只有五万多，加上家属也不过二十万，以这样少的人口去统治那么一个大国，占领那么大领土，管理那么多人口，矛盾非常突出。康熙皇帝便发明了一个统一战线，先团结蒙古族和其他少数民族，后来又团结了汉族的上层人士。他还全面学习和继承了当时比满文化要先进得多的汉文化，他尊孔崇儒，在官吏的设置上，凡高级官吏都是一满一汉，大学士、尚书、侍郎、军机大臣都是如此。这样，康熙便非常成功地克服了满族官员少的困难，真正达到了以一顶百的神奇效果。

在古代帝王中，朱元璋也是搞民族统一政策的典范，康熙对他的这一政策也非常欣赏。康熙一生曾六次南巡江浙，每一次路过江宁的时候，都要到朱元璋的孝陵去拜谒，而且随他出行的文武百官都得去，每一次拜谒，康熙都要说："明太祖是一代人杰，不可亵渎怠慢。"

康熙皇帝的第三个了不起的地方，是他有奖罚严明的用人制度。

当时，即使皇子犯了错误，也一样要受到严厉的处罚。皇子打了败仗，回来不敢进德胜门，照样要蹲在城外，听候处罚。

他的这套办法，既能调动部下的积极性，奋勇向前，义无反顾，

又能组织起一支有严明纪律的队伍,所向披靡。

毛主席如此集中、详细、正面地评价一位古代皇帝,这还是不多见的。毛主席喜欢读二十四史,新中国成立后,无论到哪里,他随身带的就是二十四史,并对二十四史进行数次点评,对历代皇帝都是褒贬不一,对康熙皇帝只有赞扬无贬,可见他对康熙皇帝的欣赏。

咱书归正传,乾隆心中明白,刘墉说得对,连他爷爷康熙都拜崆峒山,我为什么要说"临幸"?

而且,他一进蓟州,受到百姓如此欢迎,为做到心中有数,便派议政大臣亲王弘昼悄悄调查:他进城,百姓三呼万岁,是自发的?还是人为组织的?"百鸟朝圣"是怎么回事?

亲王弘昼是乾隆的五弟,和珅不敢惹。亲王报:"和府派人提前到蓟州,要求每亩交捐增半斗,名为'迎帝捐',同时外带俩鸟儿。然后找来一江湖驯鸟艺人驯鸟,放飞之后,还能够回笼。那些齐呼'皇恩浩荡,万岁!万岁!万万岁!'的鸟,是鹦鹉,极易训练学人语。"

乾隆一听龙颜大怒,问和珅:"你可知罪?"

和珅吓得俩腿直哆嗦,赶紧说:"他……这……都是我府上人员所为,奴才并不知情,我回去一定拿问。"

乾隆说:"你这是疏远百姓和朝廷的关系,百姓是水,朝廷是舟,水能载舟也能覆舟,我大清如无百姓支持,岂不是无水之舟。为警示群臣,朕撤掉给你的赏赐,并罚两万两银子,上缴国库。"

和珅心想:"我怎么这么倒霉呢?哦!明白啦!赏封'罗锅儿'这两万两银子,合着是我出的!"

随后乾隆颁旨：免除蓟州百姓全年税收。

这可不是传说，据清宫史册记载，为了加强当地百姓对中央政府的向心力，每次到蓟州，均免除沿途州县应纳钱粮千分之三。有时，还根据实际情况增加蠲免份数。如乾隆十五年（1750）八月以当年京东收成歉薄，而将蠲免份数由千分之三增至千分之五。乾隆三十六年（1771）三月到蓟州，得知蓟州灾情，又特命展赈半月。与之同时，历次巡幸，对于垫道夫役、兵丁，则各赐银两；对于随扈臣工，也频频赐食赐宴。所有这些，对于清朝统治的巩固都起到了一定的作用。

咱再说罚了和珅，对刘墉怎么办呢？乾隆眼珠一转说："刘爱卿，朕拜崆峒山，得需要见面礼吧？"

"啊？"这还得有见面礼？没听说过皇上上哪儿去提着二斤点心的。

这难不倒刘墉，刘墉用手一指，说："圣上，您看。"

只见在崆峒山的上山之处有大大的一个"拜"字，这个字是怎么组成的呢？当地有一种虫叫"钱龙"，然后用蜂蜜写成"拜"字，这些虫子自然向蜂蜜聚集，就形成了一个大大的"拜"字，没有劳民伤财。

这时和珅发坏，说："敢问刘中堂，这种虫子叫什么名字？"他心想，如果你敢说"钱龙"（乾隆），把皇上比喻成虫子，乾隆可能杀了你，或免掉你"罗锅"俩字，还得罚你。

刘墉说："启禀皇上，这种虫子他叫钱……"心想不对，他脑子快，马上改口说："他叫钱……千足虫。"刘墉吓得出了一身冷汗。从此蓟州的"钱龙"虫，便改称为千足虫。

刘墉说："这个'拜'字，是万岁求仙问道的虔诚，是对历代先皇登崆峒山的敬佩，是寻求国富民丰之策的心愿。"

这马屁拍得多好！把乾隆拍得舒服。他便在众官员面前，对刘墉也说了一句："赏！"

然后皇帝接着说："朕身上这件衣裳就赏给你了。"

这件衣裳叫龙袍，上面绣着八团五爪（zhǎo）龙。什么叫五爪龙啊？有讲究！皇上穿的是龙袍，百官是蟒袍。怎么区别呢？就在爪上——五爪为龙，四爪为蟒。您说什么？三爪？仨爪那是鸡，鸡爪子，那衣裳卖烧鸡的时候穿。

再就是颜色上分，龙袍是正黄的，蟒袍是杏黄的。

乾隆说着便把衣服脱下来，递给刘墉了。皇上是真心的吗？

您想错了，他还是在和刘墉"斗法"，在群臣面前见个高低。怎么回事？

他是拿这件衣服找碴儿！刘墉真要接过去，坏啦！你敢藏龙袍，有谋反篡位之罪。死罪可免，活罪难逃，降级罚俸，"罗锅"俩字儿去掉，两万银子不给啦。刘墉如果顺口答说："我不要。"也坏啦！怎么？皇上给你东西，你敢不要，这叫"抗旨不遵"，也活不了。怎么办？刘墉想出了什么妙计来化解这个难题呢？

五. 刘墉巧计占便宜

刘墉明白呀，赶紧说："万岁既赏给为臣，我是要……还是……还是不要？"

"废话！朕问你呢？"

刘墉说："若要？有谋反之罪，灭门九族。"

"那你是不要？"

"不要？那叫抗旨不遵。"

乾隆心里想：他全明白。"那你看怎么好呢？"

刘墉回答得绝啦："万岁赏赐为臣的，我将亲自送回原籍山东省青州府诸城县，供在我家祖先堂内，让世世代代牢记万岁对我的恩宠。"

乾隆一听，得！我没诓了你，你倒是把朕穿的这件衣服给诓走了。

乾隆带着一众随从，微服拜崆峒山。上山一看：这座山抱月双环，崎岖婉转，山连山、山靠山、山中山、山套山；青松翠柏树木交杂。一层层、一浪浪、一排排、一溜溜、一行行都是些杉松、果松、籽松、刺松、罗汉松、马尾松、绣球松、青槐翠柳大叶杨，远看苍松盈翠，近看河水荡漾；往山上看，立石如刀，卧石如虎，山不高而秀雅，水不深而澄清，地不广而平坦，林不大而茂盛，山清水秀，真乃仙境一般。只看得乾隆心旷神怡，赞叹不已。

这时，见几位僧人和尼姑往山上背水，每个人背一桶水，水桶的水

乾隆
拜蓟州

上面有用杨柳树枝编的一个圈，压在水上面，防止山路颠簸水往外溢。

这本来是个常识，但乾隆又想起与刘墉继续斗智。怎么斗？他想起一招，什么招？

 六．乾隆考刘墉

乾隆问："两位爱卿，他们桶的水上面，为何压着用杨柳树编的一个圈呢？"

这和珅一听抖机灵儿，但他没在山区挑过水，不知道怎么回事儿，便顺口答音："这柳……是寻花问柳的柳，水中插杨柳，又有一个杨，是水性杨花……"

这哪跟哪儿啊！乾隆差点把鼻涕泡乐出来。心想：朕本来也想赏你的，这怎么赏啊？他眉头一皱，问刘墉："刘爱卿，你说这是怎么回事儿啊？"

刘墉说："万岁，佛门中人，从一粒沙见大千世界。崆峒山的道人，每天这样背水已非一日，这是天天在祈祷我主江山一统，社稷永保。"

乾隆问："何以见得？"

刘墉说："万岁见到的桶内之物，杨柳为青（清），见水而大，是谓大清。一桶者，即一统也！大清江山一统，社稷永保。"

乾隆听了这比方，大吉大利。想想当今国是已定，边疆无扰，觉得这个比喻恰当，心里高兴。

上山过头道山门，二道山门，来到了第三道山门。乾隆抬头，见山门上高悬着两只灯笼。一想，有了！便问刘墉："刘爱卿！这门上挂的是什么东西？"

刘墉想：乾隆熟读诗书，遍游各地，岂有不识灯笼之理。现在他明知

故问，必有原因。噢！明白了，封建时代讲究避讳。灯笼的"笼"字，跟乾隆的"隆"字同音。就像"一桶"说成"一统"一样，要是直接回答"灯笼"，那就犯了忌讳——你想蹬（灯）乾隆（笼）？轻则坐牢，重则充军。

刘墉想了想，不慌不忙地说："启禀万岁爷，这两个挂着的，叫'东西'。"

乾隆一瞪眼，说："这算什么话，岂有东西就叫'东西'的？"

刘墉说："万岁有所不知，它们悬在门上，一个在东，一个在西，故叫'东西'。"

乾隆见他并不上当，便另找话题。

乾隆看见遍地蒲公英花，盛开在草丛中，金黄色的小花装点着山间的道路，十分好看。乾隆诗兴大发，随口吟来：

郊外黄花亚似金钉钉地。

然后乾隆说："和珅，你来对下联。"他心想，我也该赏和珅了，进城你人为地组织百姓欢迎，收"迎帝捐"、搞"百鸟朝圣"，罚了你一下。但无论如何你是为了朕，我可以补偿你一下。和珅明白皇上的意思，高兴地向四下观看。回过头就看见了蓟州城内辽代的白塔，高耸入云。他马上和道：

城内白塔犹如玉钻钻天。

说完，看看乾隆。发现乾隆的脸色不对！原来，乾隆听了和珅下联中的"玉钻钻天"，心想：皇帝是天子，天子是天的儿子。玉钻钻天，你这是钻了皇上的爹了？！你个和珅也太蠢了吧！

和珅见乾隆不悦,心里也有些害怕。猜着是犯了忌讳,后悔莫及。但乾隆没有罚他。

这时乾隆见到山涧的清泉,便说:

尤凉涧,一点两点三点水。

然后说:"刘爱卿,你对下联。"

刘墉一听,这个上联出得蹊跷,带数字的最难对。而且"尤凉涧"三个字,第一个字中有"一点水";第二个字中有"两点水";第三个字中有"三点水",所以是"一点两点三点水"。刘墉正犹豫的时候,和煦的春风刮来一股浓浓的香味,有一株株丁香花在盛开,他马上来了灵感。说:

丁香花,百字千字万字头。

乾隆一听,笑逐颜开。因为当今的皇帝,当然是"万字当头",我这是"一二三",他是"百千万"。乾隆爱听,这拍马屁拍得合适,乾隆也喜欢被人拍,但得会拍,拍得人觉得舒服。乾隆赞不绝口。说:"好!刘墉,朕赏你……赏你这个夹袍穿!"又把夹袍脱下来,递给刘墉了。

刘墉绝对不往身上穿,仍是"照方抓药",说:"臣派人送回原籍,供于祖先堂内。"他把夹袍也收下了。反正,皇上一高兴就赏。

乾隆想的是:赏多少也没关系,等会儿我找个碴儿一罚,全都给我拿回来!

在上山的路上看到一座桥,这座桥叫"八方四面桥",意思是来拜崆

崆山，可通四面八方。乾隆高兴，随口说出一上联：

八方桥，桥八方，站在八方桥上观八方，八方八方八八方。

乾隆一口气说出了8个"八"。随行的大臣们都低下头，谁也不敢乱说，和珅也躲得远远的。

乾隆乐了，心想：这回可把你们都难住了吧！他假意环顾一下四周，然后说："刘爱卿，你给朕对个下联吧！"

刘墉一撩袍子给乾隆跪下了，乾隆以为，这回把刘墉给难住了，因为前几次对对联，刘墉都没有跪下。说："刘爱卿，你为什么下跪？"

刘墉抬头微笑，说：臣对的下联是：

万岁爷，爷万岁，跪在万岁爷前呼万岁，万岁万岁万万岁。

太有才了，一口气是8个"万"字，对8个"八"。乾隆龙颜大悦。激动地说："刘墉！朕赏你个小褂儿穿。"

刘墉刚要说："臣……谢主隆恩……"还没说完呢，乾隆又说话啦："那什么……别谢恩啦。回去再赏吧！小褂儿再赏给你，我就光膀子啦！"

乾隆拜了崆峒山之后，最大的收获就是治国理政、民富国强不能违背自然规律，要守天义，遵其"道"，这个"道"要顺民意，心中有百姓，造福百姓。乾隆觉得拜了崆峒山，胜读十年书。

但乾隆想：我还没治住你刘罗锅儿，便又生一计：我不跟你对对子了。然后用手一指，说："崆峒山为什么有一'锁龙岭'？皇上为真龙天子，

他为什么'锁龙'？"

众臣面面相觑，谁也不敢回答。乾隆直接点名："刘爱卿，你是我朝的体仁阁大学士，学问大，你怎么解答呢？"

刘墉答："启禀万岁，这是有关刘伯温的一个传说，当年刘伯温为明朝皇帝朱元璋选陵来到崆峒山。发现从九百户村往东直到头百户村，连绵起伏的山峰中，隐藏着一条龙脉，头百户是龙头，福山塔所在的五龙山是龙的一支独角，九百户是龙尾。凡是有龙脉的地方，就会出帝王。刘伯温见到辽代在龙脖子处所修福山塔，就是为镇这条龙脉而修的，但塔之威未能压住龙脉之势，于是他为保大明江山，决心彻底破坏这条龙脉。便把龙脖子处的一个村子改名为段庄，段者'断'也，以此来断绝龙脉。又称锁龙岭，锁子岭。"

乾隆一听大怒："呔！大胆的刘墉，我大清推翻明朝，建立一统江山，这当如何解释？你胡言乱语，罪该灭门诛九族！"

得！赏刘墉的东西全都得拿回去，罗锅俩字儿没了，每年两万两银子烟消云散。眼看刘墉大祸临头，众臣跪地，替刘墉求情，而刘墉又是怎么应对的呢？

七．拱卫康乾盛世之地

刘墉说："圣上息怒，容臣回禀。"

乾隆余怒未消，说："你有何道理？"

刘墉说："这里有我大清世祖顺治爷钦定之事。"

乾隆的父亲是雍正，爷爷是康熙，太爷是顺治，言外之意：那时候的事儿还没你呢。刘墉说："崆峒山之龙脉，是蓟州龙脉。顺治爷寻得的是大清龙脉，这条龙脉使我大清进入鼎盛，破解刘伯温所设锁龙沟之'锁'，大清盛世，也重启了蓟州盛世。"

乾隆与众臣的眼睛都瞪圆了，刘墉卖了个关子："臣是否接着讲？"

乾隆心想，我这儿听你讲课来啦！

"讲！"

刘墉说："顺治帝入主中原之后，在顺治十五年（1658），到金星山和昌瑞山地区选陵于遵化马兰峪，从金星山向西北眺望京师，约九华里的第九个山峰最高最美，便亲临此山巡幸，发现这里山环水绕，风水极佳。也由于当时天下并不太平，在顺治爷给山命名时，想通过这种方式把中华所有的好风水汇聚其中，名盖三山五岳之上。为表示皇家九五之尊和九九归一之意，特将此山亲赐为'九山顶'，并御封九山顶为清东陵'后龙'，列为风水宝地禁止外人出入。为借此风水，便将清王朝定都北京。"

"在九山顶附近，还有一座九龙山。在万丈深谷中连绵耸立着九条山

乾隆
拜蓟州

脊，恰似九龙聚首。皇上为真龙天子，有九条龙和九山顶九五之尊，拱卫我大清，这才使顺治之后的康熙、雍正及乾隆您的大清进入盛世，才使我大清由前身人口不足千万的后金之游牧民族，发展成江山一统，国泰民安，天下太平，百姓丰衣足食，这实乃由真龙天佑啊！"

乾隆一听，兴奋异常，也忘了罚刘墉了，颁旨文武百官微服拜九山顶和九龙山。这时刘墉跪道："我这灭门之罪？"

"免！"

"谢主隆恩！臣罪已免，是否……"

刘墉还想讨赏，乾隆装糊涂："哦！是否……也去九山顶和九龙山？当然随朕前往。"

"他……我……讲得……"

"还行！"

"还行？"乾隆不说"好"了，说"好"就得赏。

"这'还行'的意思？"

"不离儿。"

"这'不离儿'？"

把乾隆问急了："朕不能赏了，赏你个小褂，我光膀子啦！再赏你一条裤子，我就进澡堂子了"。

说到这儿，有的读者问了，顺治帝亲选风水，亲赐"九山顶"之名，拱卫了清王朝。那为什么大清到宣统就结束了？您还真问对了，这风水没有得到延续，原因还在顺治给起的九山顶名字上。关键在一个"顶"字上，顺治御赐"九山顶"之后，从康熙进入盛世，历经九个皇帝就给"顶"住了，那就是：康熙、雍正、乾隆、嘉庆、道光、咸丰、同治、光绪、宣统（溥

仪），整九帝，"顶"没啦！

再接着说，乾隆帅文武百官拜九山顶九龙山，大开眼界。这其中又有什么趣闻呢？

乾隆
拜蓟州

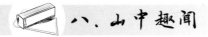
八、山中趣闻

登九山顶，沿主峰山脊西行首先进入翡翠岭。该岭以山脊为轴心，向南北两侧伸展，植被繁茂，林海茫茫。酷似翡翠的绿色，翡翠岭南北两侧有几百种植物，最引人注目的是连片的杜鹃。春夏两季，杜鹃花竞相开放，在万绿丛中，红得耀眼，红得壮观。杜鹃花夏历风雨摧，冬傲绝顶寒，美而不艳，丽而不俗，娇而不媚。

刘墉讲："此花，从不乞求主人浇灌施舍，静享苍天赐予的甘霖。它把美丽悄然献给苍天与大地，并使人们从中体验到杜鹃花铁骨铮铮的性格。"

过翡翠岭，沿山路而下，是"小西天"。

和珅抢着说："它所以叫'小西天'，是因其形态和风景酷似唐僧取经路过的西天而得名。"

乾隆点头："名不虚传。"

看此山，临崖俯视，万丈绝壁，拔地而起，直插九天，块块巨石如天工砌就，斑斑裂缝纵横其间，巨石交错，危如累卵。这鬼斧神工之崖尽数十几亿年，乾隆说："这是万卷史书的开篇。"

惜别小西天，沿石阶小路而下，步入了神秘谷。该谷两侧悬崖当空，谷中冷风习习，偶有动物啼鸣，加之林木掩映，不见蓝天，确有几分神秘，除佛光山外，还有释为之迷的北冰洋小鱼和魔窟寒风。在这里夏季遇雨先

升云雾,冬日偶见谷底升烟,春秋常见谷中彩虹。在神秘谷中,自上而下有羚羊洞、玄机制、连环洞、熊洞、寒风洞等洞穴奇观。

走出神秘谷,前行百余米,拐过山环,望见峡谷之上横跨一桥,将两座山崖连为一体,大有"天堑变通途"之意。

文武百官争着上此桥,踏上去,颤颤悠悠,如在云层之上行走。它被称为步云桥,大家都认为从桥上通过,将从此平步青云,前程似锦。

穿过一线天来到云摩洞。因在夏季常有云雾升起并有白云摩崖相伴而得其名。

和珅说:"《水浒传》中的公孙胜曾在此修炼多年。"

过了天门口,上千株八仙花展现面前,形成树的世界、花的海洋。

乾隆一指八仙花:"这是什么花?朕在京城御花园怎么没见过此花?"

和珅说:"这种花,是当年八仙过海前,在八仙桌野餐时,何仙姑见这里山清水秀风光如画,便洒下八仙花种子,使九山顶遍开八色鲜花,故人们称此花为八仙花。八仙花每年六月上旬初放,夏至盛开,终年不谢。花的颜色随季节的变化而变化,先白后绿,再由绿变红。历经深秋严霜、寒冬风雪,枯干而不离其枝,不失其形,颇有苍松翠柏的傲骨和阳刚之气。这种花卉唯此独有。"

过了八仙花树的走廊,到九山顶,一峰突起,直插云霄,四周群山环抱,如众星捧月。登临山顶,南眺翠屏湖,北望燕山主峰雾灵山,东观遵化金星山,西看平谷金海湖,六千七百平方公里大好河山尽收眼底。

登九龙山,在森林东北部万丈深谷中,连绵耸立着九条山脊,恰似九龙聚首。集古洞、幽林、奇峰、秀水为一体,龙泉洞幽深莫测,石花洞为京东仅有。还有腾龙洞、通天洞、连环洞、子母洞等。洞中泉水喷涌,四季常

流，自然形成龙泉潭。既可古洞探险，又可戏观流水。

这时映入乾隆眼帘的是一池湛蓝的清水，水中覆盖一块长4米、宽3米、厚4米的百吨巨石。乾隆兴奋之余，御赐"老龙潭"之名，并让刘墉在石上题写"老龙潭"三个大字，此潭神奇之处是，在高山之上潭水清清，取而不竭，冬春不涸，夏秋成溪。

乾隆兴致勃勃，来到山下一村中，看到一老汉，身上背着百十斤干柴，精神矍铄，步履矫健，上前施礼："请问这位老者，您今年高寿啦？"老头儿说："啊，不敢。我还小呢，今年一百四十一啦！""啊？一百四十一还小呢！"

乾隆一想，嗯，九山顶和九龙山不仅拱卫我大清，也为民造福。忙说："可否赏光，聊一聊？"这位老者说："不行，我今天很忙，我媳妇儿在坐月子……""啊？一百四十一岁的老人生子？"

"这不新鲜，我爸刚给我生了个弟弟，我背着柴禾去看爸爸，可我爸爸让我送给我爷爷，说我爷爷给我生了一个伯伯。"

这都什么乱七八糟的，把乾隆乐得捂着肚子蹲地上啦！心想可能老人没文化，编故事，说："老人寿高一百四十一岁，这么忙！我说一副贺寿上联不知您是否赏我一下联？"

"赏不赏的，别耽误工夫，赶紧说。"

口气还挺大，乾隆一琢磨，说：

　　花甲重开，外加三七岁月；

刘墉与和珅暗暗称赞，为什么？"花甲重开"，六十年为一个花

甲，花甲重开，俩六十，一百二。"外加三七岁月"，三七二十一，共合一百四十一。

这联太难对了，他们拿眼瞅了一下老者，没想到，老者不假思索，脱口而出下联：

古稀双庆，内多一度春秋。

绝啦！怎么呢？绝就绝在上、下联儿都包含着一百四十一岁。下联儿："古稀双庆"，古稀之年是七十岁，古稀双庆，俩七十，一百四；"内多一度春秋"，再多一度春秋，一年，也合一百四十一。

这使乾隆大为吃惊，紧接着老汉说："在我们这儿落户吧！"

啊？让皇上在他们这儿落户。

"告诉你！我们附近这几个村庄，自古没有痴傻呆瘫，也没人患不治之症。"后又趴到乾隆耳边悄悄地说："清宫有什么秘方，我全不信，我们这儿的男人……"刘墉赶紧上前拦住："他要卖给皇上大力丸。"

今天我这个说相声的，可以向您交代，这可不是迷信，这山下已经开发出著名的长寿村，而且在九龙山有一个龙泉洞，此洞原先是一个矿。日本侵占我国时，发现此山有硼矿，进行大批盗挖开采运回国内。硼，是什么稀有矿石呢？您上网搜搜，硼，不仅对于核技术和国防有着重要且不可替代的作用。在人类健康上，对于女性："硼，有助于提高雌激素的水平，尤其是对生殖激素缺乏的妇女，硼会在几天内使雌激素水平恢复正常。"对于男性："硼，能使睾酮水平提高，有助于改善男性睾酮水平。它经常被减肥教练和健美运动员作为补充来增加睾丸激素。"对于癌症治疗的表

乾隆
拜蓟州

述："癌症是人类已知的最致命的疾病之一，任何治疗都不能保证治愈它。然而，吃富含抗氧化剂和某些元素如硼的食物是非常有用的。硼中子俘获剂也被用于癌症治疗，并已被观察到可以抑制体内不健康的酶。"

现代科学证明，九山顶和九龙山一带的土壤、水质，有 10 种以上人类所需的稀缺的微生物。九龙山的水质达到国家一类标准，当地群众有"一年七十二场浇陵雨"之说，每年可向于桥水库输送约 1.2 亿立方米优质、洁净的淡水。

书归正传。

和珅在此处待了几天后，阳气上升，羡慕那位"老寿星"，自己虽然妻妾成群，但也梦想一百多岁能够生子。有一天，他实在忍不住心中欲火，微服到村中，想寻找漂亮的村姑。没承想，引起一系列的笑话。

乾隆
拜蓟州

九．村姑戏和珅

　　和珅来到山下一村中，走到一条小溪旁，两眼发直，为什么呢？在溪水边见一美娇娘正在淘米，太漂亮了，此村姑长得如天仙一般：

　　　　一头青丝素绸盘，

　　　　鬓角斜插白玉簪。

　　　　簪压云鬓飞彩凤，

　　　　凤裙紧衬百花衫。

　　　　衫袖半掩描花腕，

　　　　腕带玉镯色翠兰。

　　　　兰缎子中衣百褶裙，

　　　　裙下微露小金莲。

　　　　莲花裤腿鸳鸯带，

　　　　带配凤珠颜色鲜。

　　　　鲜花争艳人难画，

　　　　画中难寻好容颜。

　　　　颜如桃李香腮美，

　　　　美而俊俏蛾眉弯。

　　　　弯眉杏眼悬胆鼻，

鼻准端正唇如丹。

丹朱一点樱桃口，

口内两排银牙含。

含情不露多娇女，

女似嫦娥又下凡。

　　这样美貌的村姑，宫内难寻，京城难见。和珅看得两眼发直，他见村姑在水中淘米，犹如芙蓉出水，抓耳挠腮的和珅，怎么办呢？

　　他的管家和喜从和珅直勾勾的眼神和五官挪位的表情上，看出了主子的心气儿。嘱咐说："爷！这里的村姑可都识文断字，千万不可莽撞。"

　　和珅说："这更好办啦！"

　　他自以为很有学问，跟和喜说："老爷我用一首诗，就让她上我这儿来。"

　　"您这么大能耐？"

　　"听着！"

　　然后他大声吟诗，说：

有木念作桥，

无木还念乔。

去了桥边木，

添女就念娇。

多娇谁不爱？谁不爱多娇！

娇娘呀！回头把相公瞧一瞧……

和珅念完，哈哈大笑，自以为很得意。心想："你只要回头一看我，你就是我的娇娘，我就是你的相公。"

没想到这位村姑也不抬头，微微一笑，抓起一把米，也随口吟了一首诗，说：

有米念作粮，

无米还念良。

去了粮边米，

添女就念娘。

谁娘不疼儿？

谁儿不恋娘？

儿啊，儿啊——玩去吧！

"啊？我和珅成你儿子啦？厉害，厉害！不但诗做得好，而且把我也骂了。"

和珅怕围观的人耻笑，赶紧逃离该村。可夜里睡不着觉，翻来覆去地琢磨，这个村姑太漂亮了，搅得他心神不定，派和喜去打听打听，她是什么一个家庭状况。

和喜回来报：她家就姐弟二人，弟弟在村中学堂念私塾，由姐姐抚养，因为要照顾幼小的弟弟，姐姐还未出嫁。

和珅一听又来精神了，一早就来到村内学堂，经指认，找到了这个村姑的弟弟，然后递过一个小纸条，说："麻烦你递给你姐姐，明天还是这个时候，我在这儿等你，看你姐姐有什么话捎给我。"

乾隆
拜蓟州

这条上写的是什么呢？是一副上联：

一条棉被，半边遮体半边闲；

这个小孩回家后，将纸条递给他姐姐，他姐姐正在做衣裳，看看身边的半匹彩绸，然后提笔写了下联：

半匹彩绸，一端缠腰一端飘。

第二天，这个弟弟就把下联交给了等候的和珅，和珅一看，眼前立刻出现一个美人腰束彩带，飘飘悠悠的画面，高兴得手舞足蹈，说：
"你姐姐有学问，我得向她学习，我再出个上联，请她帮我出个下联。"这个上联是：

一枚红莲出水，多晚并蒂；

弟弟放学回家，拿着这个上联递给姐姐，姐姐一看，怒从心起："小看我啊！"她这时正在发豆芽菜，立刻就对出了下联：

独根黄芽拱土，趁早死心。

和珅看到下联如冷水浇头："拿我当豆芽菜啦！看不起我？"
他又出一上联：

竹乃无心汝，多生枝叶；

姐姐看了后，心想别来这套！她看了看门外水塘朵朵莲花盛开，马上想出了下联：

藕有孔少性，不沾污泥。

和珅看了下联，肚子气得鼓鼓的，心想：我是堂堂秀才，你不就是蓟州村中的一个普通小女子吗？不识抬举！

他又写了一副上联：

桃李杏，何时并放；

姐姐一见心里说：看你是个读书人，可你蹬鼻子上脸？好！姐姐这回我不客气了。

她想了想回了一句下联：

稻粱菽，哪种先生。

和珅见了，想："没拿我当人啊？好！我……就当一回鬼，不信你不怕我。"

古人云：人一旦色迷心窍，不论什么身份、地位，什么事都敢办，什么事都做得出来。古人？哪个古人说的？就是我的同行——唱大鼓（古）的

那个人说的。

您还别不信，和珅不顾自己的身份地位，他半夜找这位村姑来了，用什么招呢？半夜伸手不见五指，他扮成鬼，先学鬼哭狼嚎，然后在月光下露出张牙舞爪的阴影，到了村姑的窗外说："你害怕吗？"

村姑在炕上坐起来说了一句话，把和珅给吓跑了，她说："我怕！我怕你身后那个鬼！"

"啊？真有鬼呀！"和珅撒腿就跑！跑一段儿，心想："不对！我堂堂一个兵部尚书，九门提督，怎么能让你糊弄了呢？我还得回去。"

这回他变主意了，在窗户外头说："姐姐！我入乡随俗，听说天津不论多大年纪，管女的都叫姐姐！姐姐！我太佩服你啦！既有学识又有胆识，我想拜你为师。明天上午我准备一份厚礼，行拜师大礼，请您不吝赐教，收下我这个学生。"

这个村姑想：别来这一套，你以为我不明白你呀？赶紧说："噢！明天上午我不在，这两天特别忙。"

"哦！您忙什么呢？"

"我家骡子坐月子，得忙着给我家的骡子接生哪！"

"啊？骡子？骡子能生吗？"

"是呀！骡子生不了畜生，我们还收学生干嘛？"

"嘿！骂人不吐核儿。我可惹不起她！"

和珅扭头便走，再也不敢来啦！

有的读者问了，和珅这样的人品，乾隆为什么能庇护他？又为什么贬刘墉呢？那乾隆在历史上可不是昏君啊？怎么回事儿？这里边的故事可非常深奥，您听我慢慢讲来。

 十. 小和珅奇范之才

　　和珅为什么混到乾隆身边？过去说相声、说评书和多种出版物最流行的一种说法是：和珅插草卖身，即他小时候就诡计多端，为了混进宫廷。他在清明利用乾隆到皇陵扫墓之机，跪在乾隆必经之路，身上插草，自卖自身。因为是清明节，民间习俗倡导人们在这一天要做一件善事，朝廷也不能动杀戒。乾隆喊他近前回话，说："你为什么自卖自身？"他太会编了，说："我无钱奉养老母也无力为我母亲建坟，所以，自卖自身，孝顺老母。"清朝提倡以孝为先，乾隆一看这个孩子这么孝顺，拨银一千两给和珅他妈建坟，可是和珅仅仅花了五百两，为他妈建了坟，背着皇上扣下了五百两银子。乾隆以为他是孝子，就叫他当了御前侍卫。

　　上述故事是无稽之谈，为此，我翻阅了大量历史资料，考证如下：

　　和珅生于乾隆十五年（1750），农历庚午年，生肖属马。姓钮祜禄氏，满洲正红旗人，其父是福建副都统常保，官居二品，宅第坐落在西直门内的驴肉胡同。

　　自八旗军民入关后，满洲人就居住在内城，按清制，北京的内城是严格按八旗的旗属来划分驻地的，按满洲、蒙古、汉军等旗籍划分的二十四个都统衙门，各旗分别有自己的驻防领地。旗人的家居，也按旗属不同，分别住在不同的区域。当时的具体规定是：

镶黄旗居安定门内；

正黄旗居德胜门内；

镶白旗居朝阳门内；

正白旗居东直门内；

镶红旗居阜城门内；

正红旗居西直门内；

镶蓝旗居宣武门内；

正蓝旗居崇文门内。

　　和珅原居宅第在西直门内，属正红旗领地。而和珅后迁建的大宅第在今北京西城前海西街，属于德胜门内正黄旗领地。这是和珅被抬为正黄旗后营建的。

　　童年时代的和珅，在家里与弟弟和琳一道接受私塾先生的启蒙教育。七岁时，其父常保决定送兄弟俩去咸安宫官学入读，以求未来的仕宦之路。

　　乾隆登基后，每年选十名可以造就之俊秀子弟，送咸安宫读书。所以，入咸安宫官学的学生绝非一般等闲之辈，他们都是从众多的八旗子弟中经过仔细筛选，择优录取的。这些学生品学兼优，而且长相俊秀，个个都是一表人才。

　　和珅入学后，正赶上大清负责教育的英廉到咸安宫进行巡视，英廉是谁？此人可称大学问，大家都知道《四库全书》吧！他是编撰此书的正总裁，曾担任内务府主事、内务府正黄旗护军统领、内务府大臣、户部侍郎、刑部尚书、正黄旗满洲都统、协办大学士等显赫之位。

　　和珅的机会来了，英廉要考一下在校学生的学习能力，英廉略一沉吟，缓缓念道："周任有言曰，'陈力就列，不能者止'，危而不持，颠而不扶，则将焉用彼相矣？且尔言过矣，虎兕出于柙，龟玉毁于椟中，是谁之过欤？"

　　英廉念完，微笑地望着众学生，等待他们的回答。众学生面面相觑，一脸迷惘之色。只有和珅脸露自信，英廉看在眼里，不由得问道："和珅，你说说看。"

　　"回大人，大人方才念的这一段出自《论语·季氏篇第十六》。它的意思是：周任有一句话说：'能够贡献自己的力量，这才任职，如果不行，就该辞职。'譬如瞎子遇到危险不去扶持：将要摔倒了，不去搀扶，那又何必用助手呢？你的话是错了。老虎、犀牛从槛里逃了出来，龟壳、美玉在匣子里摔坏了，这是谁的责任呢？"

　　"唔，不错，那周任又是何人？"英廉追问道。

　　"回大人，周任是古代的一位史官。"

　　和珅声音虽还稚嫩，但听着口齿清楚，极为悦耳。英廉顿起惜才之心。说："赏！赏和珅白银一百两。"

　　再一打听，和珅的父亲福建副都统常保，为官清廉，和珅和弟弟和琳的学费，全都是其母四处借债，有时还不能全交给学校。英廉听后，吃了一惊，马上表态："和珅、和琳兄弟两人的一切费用，都从我的名下支取。"

　　这还不算，英廉通过进一步考察，认为和珅必将是栋梁之才。决意要把自己唯一的孙女嫁给和珅，英廉虽身居显位，但子脉不旺。仅有的一子与儿媳在他健在时，就先后去世了，身后留下了一个女孩。作为祖父的英廉格外怜爱，为了给她挑选一位理想的佳婿，英廉费了许多苦心。自从见

了和珅后，英廉的目光一直被他吸引。

您想如果和珅像影视剧和相声艺人描写的那样奸诈、猥琐、丑陋，一副小人模样，英廉能看上他吗？而且，论门第，也不是门当户对，但他观和珅神定气闲，骨相非凡；面白皙而事修饰，腰腹圆肥背肩丰厚；头大如斗，两耳垂肩，印堂多喜气，将来必是封王拜爵者。

在和珅十八岁时，英廉将其十六岁孙女冯氏许给和珅。订婚之后，和珅离开咸安宫。英廉为孙女准备了丰厚的嫁妆，并一手操办了和珅的婚事。婚后，两人相亲相爱，情感一直维持到他们生命的终点。

没想到，婚后两年，和珅父亲——福建副都统常保，于福州任内去世，和珅以长子身份承袭乃父三等轻车都尉，但这个世爵在当时并不显要。

所以和珅与英廉商量了前途的抉取，想考侍卫。侍卫待遇优厚，又有接近皇上的机会，机遇较多。只是侍卫挑选极为严格，英廉让和珅考取功名，乾隆三十五年（1770），和珅以满人身份参加顺天府乡试，榜出，落第。和珅再次提出考侍卫，因其并非宗室子弟，已袭爵轻车都尉，故而走的是世职人员挑补侍卫之路。在英廉的运作下，选补为三等侍卫。"赏戴一眼花翎，穿黄马褂。"

黄马褂是宫中侍卫的标志，戴翎，又是内廷侍臣的特殊待遇。花翎，用孔雀翎制成，因其呈暗绿光泽，也被称作"翡翠翎"。

"明黄"是帝王专用的颜色，严禁其他人使用，即使贵为亲王，也只许用杏黄色。侍卫以天子侍从的身份得以服用。

侍卫处的侍卫编制名额共 570 人，一等侍卫，也称头等侍卫，60 人，正三品；二等侍卫，150 人，正四品；三等侍卫，270 人，正五品；蓝翎侍卫，90 人，正六品。三等侍卫，还不是御前侍卫，但侍卫的生活待遇颇为

乾隆
拜蓟州

优厚。一等侍卫银 130 两，米 65 石；二等侍卫银 105 两，米 52 石；三等侍卫银 80 两，米 40 石；蓝翎侍卫银 60 两，米 30 石。

此外，侍卫常有赏赐性收入，数量颇为可观。

据民间传说，和珅这时迎来了新的机遇……

乾隆巡幸河南，视察河务。大部分侍卫跟随，领侍卫内大臣阿桂选中和珅。到达山东时，山东巡抚苏绩手持边报求呈乾隆。边报奏明了有一名朝廷要犯从拘囚地脱逃。乾隆皇帝脸现微怒之色，将边报随手往侍卫手中一丢，目视前方，缓缓说道："虎兕出于柙！"众侍卫及山东巡抚一下紧张起来，听不懂这句话。

"虎兕出于柙！"

乾隆目不斜视，又说了一遍，思绪仍然沉浸在要犯在边疆脱逃的事上。周围的人还是听不懂这话的意思。和珅知道，这是《论语》中引用周任的一句话，当年，英廉就曾以内务府大臣的身份面试此语，和珅记得清清楚楚，当时满族大员面面相觑。因为他们皆非由科举入仕，对汉儒经典从来不太在意，没料到乾隆爷会引用《论语》下旨。

"虎兕出于柙！"

乾隆说了第三遍，这一次，皇上更显怒色。和珅看了看周围的侍卫们，个个瞠目相向，便解围说：

"圣上是说典守者不能推卸其责任吗？"

乾隆颇为惊讶，他看了跪地的和珅一眼，从位置而言，这分明是一名低等侍卫，没想到侍卫中竟有熟读《论语》者。乾隆询问和珅身份，和珅道："奴才乾清宫三等侍卫和珅叩见万岁爷！"

语音洪亮而清晰，乾隆抬头一看，心中大惊。这侍卫的相貌竟如此像

她！"皇额娘……"乾隆帝差点喊出了声。这"皇额娘"是谁？

"皇额娘"是年贵妃，即年羹尧妹妹。据民间流传，彼时宫内传出还未继位的弘历，即乾隆，与额娘有染。皇后恐乾隆与额娘乱伦，影响乾隆登基，将年贵妃赐死。年贵妃自裁前，自言自语说："尔害我！魂而有灵，俟二十年后，其复与尔相聚。"弘历抱着年贵妃微温的身子，泪如雨下。

乾隆想起那个血腥的夜晚，再看和珅，与皇额娘极像，乾隆相信投胎转世，但和珅是个男人啊！

"和珅，朕问你，你身在何旗啊？"

乾隆的声音非常柔和，又透着慈祥。

和珅答道："回皇上，奴才和珅乃满洲正红旗。"

"好！家中还有何人？"

"回皇上，奴才父亲乃是原福建副都统常保，六年前过世于任上，家中尚有老母和弟弟，弟弟名唤和琳，现在吏部任笔帖式。奴才之妻乃大学士英廉之孙。"

"你家中可有姐妹？"

乾隆想：和珅若有姐妹，肯定会长得像年贵妃，年贵妃临终时有言，二十年后重来人间，若她真的重投人世，现在该有二十出头了。

"回皇上，奴才家中只有兄弟二人，并无姐妹。"

乾隆挥了挥手喝退左右，说："和珅留下来陪朕说说话，你们都跪安吧！"

这时屋内静得可怕。乾隆在御座上从容地端详着跪在地上的和珅，说：

"和珅，朕的话你听不听？"

"启禀圣上，圣上金口玉言，奴才怎会不听。"

"好，朕要你把所有衣服脱掉。"

和珅暗觉不妥，隐隐觉得似乎要发生什么事，但不敢违抗乾隆的命令，只得慢慢地将衣衫褪尽。和珅的肌肤很光滑，细腻而白嫩，这在骑马纵射的壮悍侍卫中实是难得一见。

乾隆激动得心潮澎湃，颤抖的双手伸向脱了衣服的和珅，然后发生了什么事呢？

 十一．和珅飞黄腾达

乾隆帝的目光落在和珅的脖颈上，年贵妃的粉颈上有一道珠红的胎记。若是年贵妃再投人世，肯定会携着这道珠红来的。和珅白白的颈上，赫然有一道珠红的痕迹，乾隆帝目视之下，思绪万千，心潮起伏。他蹲下身来，良久地注视着这道痕迹，轻轻地问道：

"这块珠红是哪里来的？"

"皇上，这是奴才生时带来的，当是胎记。"

哦？也是胎记，难道真是年贵妃转世？可和珅是男人啊！

乾隆伸出手来，在和珅脖子上的红痕轻轻地抹过来抹过去。

皇额娘，你化一男子来人间，这又是何苦。

乾隆心中充满了遗憾。

和珅被乾隆摸得不知所措，只得说："奴才该死，求皇上恕罪！"

"和珅，你并没罪，有罪的倒是朕啊！"

"奴才该死，求皇上恕罪！"

"好了，起来吧。"

乾隆颁旨：把和珅提升为乾清门御前侍卫，兼正蓝旗副都统。从此和珅才近距离接近乾隆，并靠自己的钻营一路飞速高升。他升得有多快呢？

从爵位上来看，在短短的二十四年中，从三等轻车都尉升为一等男，再晋封三等忠襄伯，最后于嘉庆三年（1798）晋封为一等公爵。

从官职上来看，从侍卫擢升为军机大臣、御前大臣、领侍卫内大臣、大学士、掌管吏、户、刑三部及三库、理藩院、内务府、圆明园、茶膳房、造办处、上驷院、太医院及御药房等。

在经济上，和珅除了任户部尚书外，还长期控制着崇文门税务监督这个肥缺。

在军事上，和珅除出任过兵部尚书外，还长期担任步军统领一职，并控制着清军中掌新式兵器的特种部队——健锐营。

在文化上，和珅先后担任过《四库全书》正总裁，《钦定热河志》《钦定大清一统志》《大清一统志》《三通》《清字经馆》《石经》《日下旧闻考》等书的正总裁、总裁。此外，他还充任经筵讲堂、教习庶吉士、殿试读卷官、日讲起居注官、翰林院掌院学士等职。

和珅一生高官做遍，权势赫赫，集国家官吏升迁、任免、财政开支、诉讼裁判大权于一身，这在整个清朝的历史上是罕见的。

为了奉迎乾隆，和珅还竭力为乾隆扩建圆明园、避暑山庄，修缮皇宫内殿阁，为乾隆准备好了做太上皇时住的宁寿宫。大大迎合了乾隆好虚荣、讲排场、喜享乐的心理。

就和珅所有的才能而言，他尤以理财、敛财最为乾隆中意。在和珅的理财之道中，对当时乃至以后的中国历史，颇有影响的是"议罪银"制度的首创。何为"议罪银"？

就是凡犯有过失的官员，可以纳银赎罪，免去处罚。但犯有大罪之人不在此列，非大罪，可以"议"。怎么议？看你拿钱多少，可以减轻或免除罪恶。我们现在的"罚了不打"，就是从和珅那来的。

这个"议罪银"最大好处是什么？银两不交户部，由军机处催交内务

乾隆
拜蓟州

府。实际上是内务府的特别收入，全部归皇帝所有。

清初，本有罚银制度，是对犯有过失官员的一种行政处分。当时，只是罚俸，分为七等：一个月、两个月、三个月、六个月、九个月、一年、两年。

罚俸权在吏部，款项由户部承追，所得银两归户部。

议罪银是非公开秘密进行的，它由军机处所属"密记处"负责，所得款项由内务府收存起来，也就是不归国库。

乾隆喜欢和珅到什么程度？

在乾隆四十五年（1780）四月，乾隆把心爱的第十个女儿孝固伦公主许配给和珅的长子丰绅殷德。等于和珅和乾隆是"亲家"，他能不褒和珅吗？

而最令人佩服的是刘墉，当他发现和珅受贿、贪污，与其进行了各种形式的争斗，却没有被和珅除掉。乾隆也没有真正责罚刘墉，还不断地给刘墉出难题，如按说书唱戏的说《君臣斗》，不合乎常理。

因为封建时代的皇上金口玉言，随意就可以处置一个官员。而凭借乾隆不断给出的难题，刘墉凭借着智慧以及语言的犀利，常常使乾隆处于下风。而当乾隆处于窘况时，不但不动龙颜之怒，而且还奖赏刘墉？这里面深层次的、不为人知晓的真正原因是什么呢？

十二、乾隆为什么贬刘墉

为什么乾隆总是贬刘墉，史书记载乾隆几次给刘墉免职甚至让刘墉充军，跟罪犯干一样的活儿。而总是时间不长，又给予刘墉提升，比原来的官职还高？有人说："因为刘墉是御儿干殿下。""御儿干殿下"，即皇太后的干儿子，跟乾隆论哥们儿，最流行的故事是"刘墉遇后"，这是怎么回事？

有一天，刘墉正在家中（现东四南大街礼士胡同）书房读书，忽听外面锣鼓喧天，鼓乐齐鸣，不知何事。毕竟还是小孩儿，刘墉跑出去看热闹，寻着鼓乐声儿，来到灯市口东口，一看原来是太后到"二郎庙"烧香许愿的銮驾。

太后为什么到"二郎庙"进香啊？她认为"二郎神"三只眼，多一只眼看得清楚，好给她儿子乾隆看着点儿天下。

这不是瞎掰嘛！

历史从未记载太后给"二郎神"进过香，是说书唱戏的瞎编。因为故事性强，所以传得广。

这支太后的烧香队伍，鼓乐齐鸣，铜锣开道，后边是全副的仪仗、銮驾、金瓜、月釜、朝天凳、旗、罗、伞、扇、锦衣卫士，最后是太后的车辇。

刘墉站在路边儿看热闹，可巧一阵大风，把他的草帽刮飞啦，也不知道怎么那么巧，眼看着这草帽"忽忽悠悠"地正落在銮驾的金瓜上！这多难看哪，周围看热闹的人，全乐啦，金瓜戴草帽！打金瓜的这位侍卫，也

不敢将金瓜放倒，把草帽拿下来，所以站那儿不知所措。可是太后老佛爷的仪仗队顶一草帽儿，它也不像话呀！那是失仪之罪呀，按律当斩。

刘墉也好受不了，谁叫你没把草帽儿系好哇，看热闹的人都为刘墉捏一把汗。别瞧刘墉岁数不大，一点儿也不害怕，瞧着金瓜上的草帽乐，还喊："太逗啦！太后的执事戴草帽儿。"

坏啦！太后听见啦！今天是太后为了她儿子乾隆去"二郎庙"进香，要行善事，不打算开杀戒。传旨把刘墉带到辇前问话。刘墉到达辇前，跪倒在地，口称："臣民参拜太后千岁，千千岁！"太后一看这孩子挺可爱，又懂得礼节，就问："你姓什么？多大岁数啦？"

刘墉跪爬半步，答道："小民冒犯太后，罪该万死，草民乃刘统勋之子，名唤刘墉，今年十六岁。"

太后一听是三朝元老，老中堂刘统勋之子，是忠良的后代，也就不打算治罪啦！又一想：既然是忠臣的后代，我要试试他机灵不机灵，应变能力如何，将来能否跟其父一样成为国家人才。说："刘墉。"

"小民在。"

"你呀，不准将金瓜放倒，也不许蹬梯子、上高台儿，想办法把草帽拿下来，我就恕你无罪。"

"草民领旨。"

您说，这多难啊，一阵风，巧劲儿把草帽给刮飞套金瓜上啦！不能再来一阵风，把草帽儿从金瓜上给刮下来呀！怎么办？大伙全替刘墉着急。

再瞧刘墉，站那儿想了想，就冲打金瓜的侍卫跑过去啦，双手伸进那侍卫的胳肢窝，一通乱挠。正赶上打金瓜的这个侍卫痒痒肉还真多，闹得这个侍卫乐又不敢乐，怕失仪之罪；动又不能动，怕乱了仪仗阵形；蹦又

057

不敢蹦，怕破坏了严肃整齐，又不能将金瓜放倒，就这样儿，难受得直哆嗦："哟……哟……"

这位打金瓜的侍卫，直学"油葫芦"呼唤，就这样结果一来二去的草帽掉下来啦！您说刘墉多机灵！

周围看热闹的人们全乐啦，太后一看也乐啦："他这招儿也不知怎么想出来的！"

太后一寻思：这孩子简直是太聪明啦，当即赐念珠一副，从自己脖子上摘下来，就给刘墉挂脖上啦，得！刘墉这脖子算上了保险啦！要不怎么后来管刘墉叫"铁脖子"刘墉，就是这么来的。

太后是越看越喜欢刘墉这孩子，心说：这孩子太聪明啦，应当好好地培养，有望成为国家栋梁，就说："刘墉！你如此聪明，一定要努力，认真读书，将来也要学习你的父亲，担当朝中栋梁。"

"是！"

"刘墉！为了激励你上进，现我认你为御儿干殿下"。

刘墉马上磕头谢恩，说："小民乃一孺子，有何德能，实是不才，使太后千岁如此偏爱，真是不敢收受，真是罪杀小民。"

太后一看这孩子，这么懂事儿，知情达理，又会说话儿，就更喜欢刘墉啦，说："刘墉，我还告诉你，你说什么也不成，我还非认你这干儿子不可啦！"

太后还上赶着！

后来刘墉真当了中堂啦，太后还赐三千岁，见官大一级，也就是说，除了皇上就是他大啦！

上述这些故事您信吗？但也不排除老百姓恨贪官、爱清官，说书的只

要编到老百姓心坎里，就信。

故事是故事，事实是清代有严格的科举、升迁制度。不能凭挠别人痒痒肉就升官，皇太后和乾隆都不是傻子。

事实是怎么回事呢？

刘统勋二十三岁[康熙五十九年（1720）]时，其原配夫人所生的长子即是刘墉。刘墉十九岁的时候，其母亲王夫人去世了。他出生在官宦之家，生活优越。但其父极为严格，总想把他教养成一个有大用处的人才。刘墉七岁[雍正五年（1727）]开始读书的时候，刘统勋正在翰林院为官，整日忙于官事，无暇关顾刘墉的学习。为了使刘墉学业有成，他当即决定，把刘墉拜托给族中长辈。刘统勋经过反复选择，决定把刘墉拜托他的同胞六弟刘桐园（后来任户部福建司主使）和其八胞弟刘霁奄（后来任过杭州知府、浙江布政使），二人先后教刘墉念书。刘墉自二十岁在山东乡试考上举人以后，又继续苦读了十二个春秋。

功夫不负有心人，他于京城会试时，成绩名列前茅。刘墉这次京城会试是在乾隆十六年（1751），他那年三十岁。他考中进士名次是六十四名，在殿试时，以二甲二名考为翰林。当时，刘墉殿试的考试卷文应列为榜首。

可惜，那次充当会试正总裁官的正是刘墉的父亲刘统勋。刘统勋看了刘墉的考卷以后，在儿子的名次排列上，颇费踌躇。按儿子考卷优劣来评，其名次应列为榜首。可是刘统勋感到，如把儿子列为榜首，会引起人们的议论，怀疑里边有私弊，引起一些不明真相者非议。所以，刘统勋为了避免嫌疑，把儿子刘墉金榜题名时的名次有意识地往后排列。

那时候殿试考翰林，由皇帝亲自监考，考中的名额分三甲，一甲三名，头名状元，二名榜眼，三名探花，号曰三顶甲。二三甲各若干名。刘墉

当时被他父亲，排名为二甲二名，也就是总试人数当中前五名。当时考翰林的考卷及排列的名次，都得送请皇上审阅。乾隆收到这次殿试入选的考卷文及名次排列的榜文后。认真审阅，当他一见到刘墉的卷文，大吃一惊。特别是刘墉在抄写卷文时，所写的那些字刚劲有力，圆润娟秀，是非常出色的小楷字，使乾隆大开眼界，佩服极了。

乾隆博学多才，尤善书法，对书法技艺很有研究，也有很深的造诣，全国多处有他的书法石刻，乾隆曾多次审阅卷文，从未见过像刘墉写得这样出色的小楷。

乾隆看到刘墉的字、审阅了刘墉的卷文，又见到刘统勋把他排列为第五名，心中有了数。便问刘统勋，说："刘墉的字写得非常好，朕这几年阅过无数的卷文，从未见过像他写得这样好的小楷字，他的文章写得也很不错，可是爱卿，你为何不把刘墉排为前三名而排为第五名？"

刘统勋见乾隆提问儿子的名次，遂奏道："万岁！臣身为会试正总裁官，如把自己的儿子排列为前三名，难免引起人们的议论。臣为了避免嫌疑，所以把他排为第五名。这样做较为妥当。再者，稚子性直，不可使其名气太盛，盛则易骄，骄则易越轨行事。恐失忠孝家风，此为臣下调之意也。为此，臣求万岁恩准臣的安排。"

乾隆听后，道："爱卿忠心尽职，既无私弊，理应按卷文优劣排列名次，今爱卿既有此请求，怕儿子名盛易骄，恐越轨行事，有失忠孝家风，此事是爱卿教子有方，也有一定的道理，朕准爱卿的请求。"

现在民间及影视都说刘墉考上了状元，皇上还亲临庆贺，谣传很广。甚至有的书一开始就是刘墉考上状元，夸官亮职的情节这只是传说。

乾隆准了刘统勋对刘墉名次排列下调的请求，是培养人才的高明之

策。他对刘统勋说："通过爱卿对刘墉名次的下调，朕甚有感触。总感到，爱卿伯父刘果、父刘梁，都是康熙年间廉洁奉公、爱民如子的清官，爱卿家里几代忠臣，今又出了刘墉这么个有才学的翰林，这真是国家的大幸，也是你们祖上的光荣。朕愿此子，今后能继承你们祖上的事业，为国家的振兴创出奇绩。朕感到，今天国家选了刘墉这么一位栋梁之材，你们家的家声世业今后也有继承人了。"

表扬是表扬，但乾隆想的是：考中的举人、秀才、翰林，大都是应试的书生，没有处理官场复杂疑难大事的层层历练。所以，他再次问刘统勋，说："刘中堂，对刘墉的安排？你有何意？"

当时刘统勋是翰林院掌院学士，军机大臣，儿子已是翰林。按照自己的权威和儿子的学识来说，在京城安排一个较好的官位是符合条件的，也不会引起人们的非议。这时，面对乾隆询问，只要他说一句话，就可以办得到。可刘统勋反复考虑，为了使儿子进一步增长才干，广泛了解为官之要，还是叫儿子离开京城，到京外基层当官为好。于是他说："回禀万岁！我以为儿子从小在学堂长大，是官宦家出身，公子哥习气严重，没有仕途经验，又不了解民情，再加上青年人的好胜、耿直、狂傲，易招是非，须进一步锻炼，现在就是给他个京官也当不好。为此，臣恳请万岁！将刘墉从舒适的环境中调开，到京外基层为官，把他再锻炼一番。"

"准！正合朕意，我也要挫一挫他的狂傲。"

乾隆高兴，又说：

"现朕出诗，赐给刘墉，令其永存，以识朕之期望也。"

乾隆赐御诗如下：

海岱高门第，瀛洲新翰林。

尔堪拟东箭，且喜拣南金。

可戒伐值诮，薪勤荒械心。

家声勉承继，莫负奖期深。

意思是要刘墉承继祖上廉洁奉公、忠心尽职、爱民如子的好名声，不要辜负了大清皇帝对他祖上及其本人的奖赏，荣升恩典，希望刘墉今后忠心尽职，报效国家。

就这样，三十二岁的刘墉离开翰林院，先后任过安徽、江苏学政，还任过太原、江宁知府、冀宁道、顺天府尹、陕西按察使、湖南巡抚、都察院左部御史、直隶总督等。

乾隆奖罚分明，多次对刘墉奖、升、免、罚。当认为刘墉已成熟为栋梁之材，乾隆才调他入京。此后，刘墉充三通馆总裁官、会典馆总裁官、经筵讲官、工部尚书、吏部尚书、兵部尚书、协办大学士、尚书房总师傅、内阁大学士、赐藩穿城骑马、诰授光禄大夫、加封太子太保，任乡试主考官五次、会试总裁官三次。

刘墉成了乾隆身边重臣，但他绝不趋炎附势，也绝不看皇上脸色行事。尤其是当他发现和珅贪污受贿的恶习时，不顾及皇上对和珅的宠爱和自己的身家性命，也要秉持邪恶不除、妄为清官，铲除喝百姓血、骑在百姓头上作威作福的贪官的信念，只有这样才能从良心上对得起普天下的百姓。但其第一次参和珅时，便引起乾隆的厌恶和不满。他参的是何事呢？

 十三. 状告和珅

　　乾隆谒陵进蓟州，首先到的就是隆福寺。这里不仅有乾隆的行宫，还能入寺礼佛。这隆福寺和行宫是什么样呢？山门一座，天王殿一座，重檐真如大殿一座，万善正堂殿一座，法堂一座，大悲轮藏重檐殿两座，圆通地藏伽蓝祖师配殿四座，钟鼓楼二座，六方重檐碑亭二座，金刚殿二座。大宫门三间，内奏事楼六间，二宫门三间，顺山殿六间，上用殿前后三排二十三间，穿堂一间，净房三间，游廊二十六间。在这山乡野岭之中就像天上宫阙，皇室家族及高官显贵去东陵谒陵时的车水马龙盛景就在这里上演。

　　紫气东来，清东陵就在隔山不远的东面，那条官道通往幽深的皇陵。美丽神奇的黄花山静静地矗立在这片碧绿的盆地边缘，铁瓦寺、天台山万寿观、高真人墓、朝阳洞、明长城、风水墙、御路等遗址就藏在黄花山茂密的林海中。悠悠白云飘走，只留青山作证。

　　乾隆出行宫，微服深入各庄，这里是孙各庄满族乡所在地，走进各庄，浓郁的满族风情扑面而来，无论是万壑堆青的险峰峻岭，还是溪水潺潺的翠谷幽林，或是红瓦银墙的满族小院，处处充满了神秘和诱惑。满族，是骑在马背上驰骋天下，统一全国的英雄民族。满族建立大清，统一全国后，几代明君实行民族交融，国家发展强盛。

乾隆
拜蓟州

　　孙各庄的满族文化，就得益于强盛时期清东陵及境内众多王爷陵、太子陵的建筑。孙各庄的满族人多是清军入关和守护皇家陵寝的后裔。

　　您可能对这些守陵人了解不多，在当时，守人可不是普通人，要求必须是八旗子弟之中的上三旗子弟，而且经过极其严格的武术选拔才能够担任。待遇也是相当的丰厚，一切吃穿用度都由皇室承包。荣耀与待遇十分丰厚，在康熙年间，专门设立了守陵部门，人数达三千多人。守墓人享终身世袭制，可以传承给子女，他们的子女一出生即可享受七品待遇。每个月领取一定量的米面粮油等生活用品，还能分到一套一亩三分地的带院"小别墅"。

　　乾隆微服拜满族父老兄弟，将待遇又提高了。每个月守墓人总的俸禄为乾银二万八千余两，米四千余石，其家属还能获得纱一匹，高丽布二匹，子女上学的费用都由永济库出，还会给困难子女生活补助。

　　守陵是对先人的尊重，即便在清朝灭亡之后，还有许多满族后人以及前清官员的后人主动为清皇陵守墓。国民政府在逼迫末代皇帝溥仪退位时，仍为满族宗庙陵墓祭祀，并给守墓人支付工资，并写进《满室优待条例》。

　　在孙各庄满族乡境内，遍布清代王爷陵遗址、太子陵遗址、官爷陵遗址、悼妃陵遗址。太平庄的满族居民原在北京管理御马，后到此地负责护裕宪亲王陵，即大王陵；朱耳岭的满族居民看护悼妃陵寝；丈烟台的满族居民看护荣亲王陵，即太子陵；孙各庄的满族居民看护理密亲王陵，即二王陵；朱华山的满族居民看护太子陵，即八仙陵；夏家林的满族居民负责绿化维护和管理。

　　陵冢假山而筑，高耸云端；陵寝之下，泉水汩汩，树影摇曳；陵碑矗

立，巷道幽深，向世人炫耀着奢华与尊贵。为什么乾隆拜蓟州，也要拜满族乡，因为这些满族居民在看护他们的祖先。此外，在当地流传许多佳话和传说。如：高真人转太子、李太后还愿、柏树山的聚宝盆、李大人判案、他爷爷康熙在丈烟台村的康熙岭传奇等。

也就是此次微服探访，乾隆发现：御路年久失修，坑洼不平，行走甚为不便。不是微服出巡还发现不了，回行宫传旨：拨银五十万两修御路。这时，和珅奏请："奴才讨旨，监修御路，请主子决。"

刘墉在旁边儿一听，心说：这是无利不早起呀。立即奏请："万岁，和中堂身为武英殿大学士、九门提督，负京师防卫之责。修筑御路应由工部掌管。"那意思是：这不是你分内的活儿。

和珅赶紧说："主子明鉴，奴才深受皇恩，理应报效。修筑御路，关系路径及周边防卫，事大呀！"

乾隆一琢磨，对呀！工部只管土木建筑，怎么能担负防卫之责呢。但乾隆不糊涂，是工程就有油水，但他想：你刘墉"骗"走了我如此多的赏钱，我也得给和珅一点甜头。随即传旨："命和珅监修御路。"

得，和珅看刘墉碰了一鼻子灰，心里得意。下殿之后，来到朝房，诚心气刘墉，说："多谢刘中堂对我的关心，您这是怕我累着。哈……"然后摇头晃脑唱岔曲儿。

刘墉不急不躁："和中堂，修御路您是越俎代庖啊，再者隔行如隔山，我看您未必能胜任吧？"

简短截说，和珅监修的御路开工啦！

事情不出所料，不少大臣向刘墉反映和珅贪赃枉法。

他们怎么不向乾隆告状呢？一是和珅心狠手辣，他们惹不起；二是怕

惹怒乾隆，因为和珅是乾隆的宠臣。

"你不知道按最高权威的眼色站队吗？不选边站还想干吗？"后边这句话是我加的，意思不出格。

刘墉经过深入调查发现：果然有问题。那么，问题在哪儿？

御路，完全是青条石铺的，这些石头都是从如今的北京房山一带开采来的。为什么非得用那儿的石头呢？因为房山石头有三大特点：色如蟹、细如玉、坚如铁。

色如蟹，就是石头的颜色跟螃蟹似的，全是青的；细如玉，就像白玉那么光滑；坚如铁，跟铁那么硬、结实。石头好，可就是运起来麻烦。那年月，又没汽车，也没起重机，怎么运呢？劳动人民是有智慧的：夏天采，冬天运。到了冬天，用水泼成一条路，结了冰后，在冰上拉纤，但一天也拉不出五里地去。和珅鬼点子多：一是开采少量石头，造声势；二是以旧代新，把旧石头拆下来，没挪窝儿，原地翻过来，一翻个儿，又铺上啦！然后再在沿途各村派"义工"，只干苦力不给钱，说"孝敬朝廷，同时改善自己村的路况"。

老百姓怨声载道，因为他们知道乾隆用御工、御差都有工钱和赏钱，可都敢怒不敢言。

刘墉调查清楚了："好你个和珅，胆敢'青石翻个儿，虚报冒领'！"

现在的"豆腐渣工程"八成就是从和珅那学的，缺德啊！刘墉连夜写好奏折，转天参奏："臣刘墉有奏折呈上，请万岁龙目御览。"

"呈将上来。"

小太监把奏折递到龙书案。乾隆一瞧，嚯！真没少写，各种证据齐全。乾隆心眼多：

乾隆
拜蓟州

"刘墉，这么多字，朕得看到什么时候啊？！这上边儿都是些什么事儿啊？"

刘墉一听，噢！皇上不屑此事。不愿意看，那我也告："万岁，和珅有负圣恩，竟然将御路上旧石翻个面，以旧代新，虚报冒领，枉法贪赃，理应治罪！"

乾隆一琢磨："和珅监修御路，是我赏给他的差事。当初你刘墉就反对，今儿个又来参和珅，我就想让他赚点儿油水。"但刘墉告状又不能不理，说：

"刘墉，此事待朕查明之后，再作处议，你下殿去吧！"

刘墉叫皇上给窝回来啦！他心说：一本儿参不下来，没关系，我还接茬儿参。要不刘墉外号儿叫"刘三本儿"呢！起码参三本儿，这刚头一本儿。哎，还差两本哪！

第二天，刘墉来到乾隆面前："臣有奏折呈上，请万岁龙目御览。"

乾隆心说："我不用看，跟昨天那本一样。"

"刘墉，我没工夫看，你说吧。"

"和珅以旧代新，虚报冒领，枉法贪……"没等刘墉说完，就让乾隆给拦住了：

"行了，行了。此事朕已知晓，待查明之后，再作处议，下去吧！"

又白说了！第三天，往品级台前一跪，又递上奏折：

"臣有奏折呈上，请万岁龙目御览。"

乾隆拦住刘墉：

"以旧代新，虚报冒领，枉法贪赃……我都背下来啦。刘墉啊，不是朕不准你的本，我也得琢磨琢磨……思考思考……研究研究……"

乾隆
拜蓟州

现在有个别行政官员推脱不办事，什么研究研究……估计都是这么来的。

一连三天，皇上都没准奏。和珅得意啦，在朝房冲刘墉说："啊，刘中堂，您可得注意养生，现在有一个养生之道——每顿饭还是少吃点儿为好啊。"

刘墉一琢磨："噢，说我吃多了撑得呀？！"

朝廷的文武大臣也都替刘墉捏了一把汗，劝他：别告了，皇上愿意给。

用现在的话说，"又不是拿你们家的钱"。

和珅在一旁："楞根楞，我表的是那周瑜……"他唱《三气周瑜》。

刘墉说："我还接着奏。"

众大臣说："你气糊涂了，同样内容连奏三次，就不能再奏了。否则，就是蔑视皇上，犯充军之罪。"

和珅一脸坏相儿："接着奏，刘中堂是朝廷重臣，宁折不弯，老脸输不起啊……那周瑜……"他又唱上啦！

太气人啦！

刘墉说："我明天要是不让皇上哭着准奏，我刘墉脱掉顶戴花翎。"

啊？刘墉能有这个本事吗？

 十四．乾隆痛哭罚和珅

前者，刘墉三告和珅，乾隆厌恶，转而乾隆痛哭恩准刘墉奏本，跺着脚地怒骂惩罚和珅，这是怎么回事儿？这说明反腐也得有本事、有技巧、有高招。

刘墉用的什么招法呢？

乾隆转天微服私访，见路上有一浩浩荡荡的祭祖队伍，前面有四名静鞭武士挥舞钢鞭。其他人抬号角、举星、立瓜、八旗仪仗等，队伍中有刘墉，只见他身着祭祀服饰。祭祀仪式有迎神、敬香、复位、跪叩等，待十五道祭祀仪式之后，乾隆问刘墉："今日这是何故？"

刘墉跪叩："回万岁，臣昨日做一梦，端慧皇太子将臣痛骂一夜。"

"啊？"这就让乾隆大吃一惊。为什么？

这端慧皇太子葬在朱华山，是乾隆帝次子，生母为孝贤纯皇后富察氏。永琏这个名字是他的祖父雍正帝所赐，据说含有将来要继承皇位之意。因为清朝前四个皇帝都是妃子所生，没有一个属于嫡出。乾隆决心从自己这一代开始，由嫡出皇子继承皇位，即皇后生的皇子。永琏不仅是嫡出，还"聪明贵重，器宇不凡"，所以他在乾隆元年（1736）被密定为皇位继承人。未曾想两年多以后，永琏竟病死了，年仅九岁。乾隆帝极为伤感，赠给永琏的谥号为"端慧皇太子"。他于乾隆八年（1743）十二月十一日入葬端慧皇太子园寝。

乾隆
拜蓟州

乾隆急问："端慧太子为什么骂你？"

刘墉说："前任大学士、户部尚书海望，带领官员选中朱华山，考之环境，龙自天皇左旋入首，水从辛酉右转归辰。经您钦定，选择吉期，于乾隆八年（1743）二月初二日开工，共耗银十六万八千二百三十五两，叶子金三百七十八两九钱九分二厘。于乾隆八年十二月十一日园寝竣工。皇太子骂我毁掉户部尚书所建的工程，当年地基，青石下丈余黄土，俱系纯黄嫩色，且坚而细，实为上乘。现在所修御路全是碎石杂土，旧石翻个，道窄一寸。"

这时，乾隆开始唏嘘，因为他对端慧皇太子感情太深了。史书记载，乾隆皇帝把皇位给嘉庆，而在嘉庆登基之前，乾陵亲自带领他到此太子陵进行祭拜。他怎能让自己的儿子受此委屈？他想阻拦刘墉。

"刘……"

刘墉不等乾隆插话，接着说：

"御路已由黄花山开始重修，那里埋的是顺治帝的皇四子。"

言外之意，对你来说，那是跟康熙一个辈儿的爷爷。

"当年顺治帝喜得皇四子，欣喜若狂，颁诏'此乃朕第一子'。为此，祭告天地，接受群臣朝贺，大有要立为太子之意。可惜了皇帝的这份儿诚心，此后不久，只有三个月零十七天的皇四子连名字还没起，就不幸夭折。顺治帝大为悲痛，追封他为和硕荣亲王，并在黄花山下建造荣亲王园寝。端慧皇太子怒斥我刘墉，祖先荣亲王在地下都不得安生，你这个大学士，不上书，有何脸面，对得起我大清王朝？"

乾隆这时泣不成声："刘爱卿……"

刘墉还没完："端慧皇太子还骂我，此地百姓怨声载道，如果朝廷幸

负百姓，你有何脸做官？"

乾隆心想："这哪是骂你呢？这不是变相骂我吗？"

他一跺脚："带和珅！"

因为乾隆太信"梦"啦！他认为，古时候人们对于梦境有着独到的理解，梦是一种神谕。而我们熟知的轩辕黄帝，就是根据梦境选择了封后为相，立牧为将。周王做了噩梦，醒后的他便召集所有臣子设坛供奉群神。

您信梦吗？

西方国家也信梦，古埃及，古罗马以及古希腊都设有"释梦堂"，专门用于通过梦境获得神谕。根据记载：光是希腊与罗马，"释梦堂"便有 300 处左右，香火还很旺盛。专职"释梦人"为做梦者排忧去烦，释疑解惑。

咱言归正传，乾隆传旨："大胆和珅，竟然以次充好、偷工减料，该当何罪？"

吓得和珅浑身哆嗦，颤颤巍巍地跪地："启禀万岁！这些都是下面所为，我一概不知，奴才甘愿领失察之罪，乞求我主万岁，皇恩浩荡，给奴才一个立功赎罪的机会。"

乾隆颁旨：

"三十里御路重修，免和珅一年俸禄。罚银两万。"

然后说：

"刘墉刚正不阿，赏！赏银两万。"

和珅心想："噢！我这两万给你啦！"

乾隆为解心情郁闷，吟诗一首《朱华山酹酒》，充分表达了乾隆失去爱子之后的悲痛心情。全诗为：

乾隆
拜蓟州

兆叶维熊意举男，

髫龄书史即深耽。

坟前省识吾怀悼，

地下应知汝抱惭。

觉后梦因原是幻，

悲深痛定更难堪。

从今拟废苍舒诔，

古佛无生叩宝龛。

和珅原先"旧石翻个儿，偷工减料"能赚十几万两银子，这回重新施工，连免俸禄带罚银，心疼到姥姥家去了。

这时乾隆问刘墉："刘爱卿，朕已从重处置了和珅，是否秉公处理？"

刘墉眼珠一转，跟着磕头："我主万岁乃有道明君。万岁，臣还有一本启奏。"

乾隆说："我洗耳恭听。"这回变洗耳恭听啦！

"启禀万岁！在蓟州马伸桥北有一座规格仅次于皇家园寝的傅公墓。其东北与清东陵隔山相望，西北与我大清皇家园寝（即俗称王爷陵、太子陵）相邻。这是我朝大学士、一等忠勇公傅恒的家族墓地。当年万岁出兵伊犁，平定准噶尔，只有傅恒全力支持。您对缅甸用兵，平定西南边陲，傅恒再次请缨，四月到达前线，连打数个胜仗，取得重大胜利。当年傅恒出征，您曾亲自送傅恒到房山良乡。傅恒大胜归来，您还亲自到德胜门迎接。没想到，傅恒返京不久病逝，享年不到五十岁。您亲临祭悼，称其为'社稷之臣'，谥号'文忠'。臣清楚记得，您在悼亡诗中写道：'平生忠勇

家声继，汝子吾儿定教培．'之后，您在去东陵谒陵路过傅恒墓时，再次前往赐奠祭拜傅恒，并作《临故大学士傅恒墓赐奠》诗。"诗曰：

> 佳城咫尺踌途傍，
> 莅止因之酹桂浆。
> 已历廿年资辅弼，
> 又惊三载隔阴阳。
> 先兹于汝应相恨，
> 后此顾予转自伤。
> 无忌昭陵虽有例，
> 那教赐奠痛文皇。

此事又勾起乾隆伤感，但其不解地问："此墓与和珅修御路无关，你奏之何情？"

"万岁明察，傅公后代为感念吾主盛恩，在您送其出征之处——房山良乡，刻一石碑，一是记录您御驾送行；二是让后代永记您诗文，报效朝廷"。

"朕祭拜傅恒，为何未见此碑？"

"回万岁！其后代因世代廉洁，石碑只刻碑首，未及刊文，便无财力续撰，更无银两将碑运回。此次，和珅房山采石，何不将此碑顺道运回？"

乾隆又哭一回："准……准……准奏！傅恒家族忠臣满门，举朝莫及。朕记得其家族共有四位宰相、大学士，七人为军机大臣，十四人封爵位，三人娶公主，数人娶郡主，一、二品官员更是不计其数，整个家族地位显赫。怎么清廉至不舍得花银运碑？和珅！朕命你办妥此事，否则提头来见！"

和珅叩头如捣蒜，嘴上说着："奴才一定办好！一定亲自办理。"

心想："你刘墉太坏了，这又得花几万两银子，这是让我倾家荡产哪。"

这增加项目，也不能找皇上讨价还价："难死我啦！"

此碑，当今还能见真容，该碑躲过战乱和"浩劫"。2005年，在傅恒墓遗址出土，高4.32米、宽1.42米、厚0.72米的汉白玉石碑，其中碑额高1.45米，上面刻有两条蟠螭，正中间是一个圆球，碑身正反两面均没有雕刻的痕迹，实属"无字碑"。此碑为何无字，据说：乾隆御旨，此碑保持原样，以示后代及文武百官以儆效尤。无字，即是"无事"，愿傅家后代"平安无事"。

和珅被刘墉整得惨败，心有不甘。和珅不是笨蛋，也是聪慧、机敏、智谋过人之重臣。立即就给刘墉深挖了一个灭门九族的"大坑"。刘墉与和珅又展开了怎样的智斗？刘墉又是处于什么样的险境呢？

 ## 十五、灭门九族之陷阱

　　刘墉见和珅哭丧着脸下朝之后，他开始冲着和珅的方向，哼小曲儿，唱着《德胜图》，主动上前搭话："和中堂，今天我有点累，肚子也有点饿，我请你去喝一杯？"

　　和珅想："你上次参我，我劝你养生少吃点儿，言外是说你吃饱撑的，这回你又找补回来啦！"但人在矮檐下不能说硬话，于是他说："刘中堂，我服！我服你！"

　　"嘻！人非圣贤，孰能无过。"刘墉见他服软，也劝了他一句。

　　"有过之人您就敢参吗？"

　　"当然！"

　　"刘中堂，我一个小小官职，还真不值您绞尽脑汁一参吧！"

　　"不！为维护我大清江山，谁有过，我就参谁！"

　　"您也就是欺侮我这无能之辈，你看我不顺眼……还谁都敢参？算了算了，咱当着诸位王爷文武大臣不说了……"

　　"你这不是呛火吗？谁有损大清江山威望，我就参谁？你说吧！不论亲王、郡王、贝勒、贝子，满朝文武，头品大员，有过我就敢参。"

　　"算了，算了，当着诸位王爷和文武大臣，我不能让你丢面子。"

　　"嘿！话越说越勾火。"

　　"和珅！你别走！也甭给我留面子，你说我谁不敢参，今天你要不说

出个人，你就是天生的老鼠胆儿，只会吹牛皮。"

和珅心中暗喜，行了！刘罗锅儿，你的智商就比我高吗？今儿你要找倒霉。我再砸瓷实点儿。

"啊，刘中堂，我说出来……您要不敢参，怎么办呢？""什么？不敢参？不敢参我当场给你磕头，拜你为师。""那好！我说出这人，您要敢参，我磕头拜您为师！"

"一言为定？"

"没错儿！咱们打赌吧？"

"行！击掌！"

俩人这么一嚷，九王爷站起来了，托着个大肚子，说："和珅、刘墉，你们俩嚷什么哪？大声喧哗，小心惊驾。"刘墉赶紧说："跟王爷回，和珅跟我呛火，他说有一个人，问我敢不敢参？我说不敢参，就拜他为师；要敢参，他拜我为师。"

刘墉干嘛解释得这么清楚啊？他知道和珅诡计多端，自己不能打无准备之仗。王爷们谁都怕被参，如果九王爷说："算了算了，开什么玩笑，下朝了，回家吧！"然后我刘墉再说："看王爷的面子，我下次等着你和珅。"这事儿就结了。

可刘墉没想到：这个事要搁在七王爷、八王爷身上，准得给劝解开了。可九王爷不行，不光是脾气暴躁，还特别爱看呛火的，爱看热闹。听刘墉这么一说，他乐啦："哈哈哈哈……好啊！你们俩打赌，我给你们做保。"

嘿！还给做保？！

刘墉说："王爷，我们俩打赌，您一个人儿做保，您是保我刘墉啊，还是保和珅呢？"

乾隆
拜薊州

　　他想给别的劝架的王爷一个台阶。

　　没想到，九王爷抢着说："我一个人儿保不了俩？好办，来！七哥、八哥，你们俩保刘墉，我保和珅！"

　　和珅心里这个乐啊："刘墉，你死定啦！"

　　他犯"蔫坏损"，眯缝着眼儿："嘿嘿嘿……刘中堂，您再想一想，别看赌也打了、掌也击了、保也有了，您现在要说不算，还来得及。"

　　气人！

　　"废话！说了就得算。你说吧，我要不敢参，当场磕头拜你为师！"

　　"刘中堂，刚才您说'人非圣贤，孰能无过？'对吗？"

　　"对！我刚说的。"

　　"当今万岁，也难免有错，你敢参吗？"

　　和珅这手儿太损啦！给刘墉挖了这么大一个坑，"参皇上"，不管刘墉有多大学问，多大能耐，不害怕？不可能！您琢磨呀，见皇上都得双手捧朝珠，低头看二纽，稍微一抬头，叫"仰面视君，有意刺王杀驾"，这就活不了。

　　上殿"参"皇上？好家伙，这可是"上殿谤君，以下犯上，知法犯法，灭门九族"的大罪过。

　　刘墉能不害怕吗？害怕是害怕。他心里害怕，脸上没露出来。听完和珅的话，故作镇静，一阵冷笑：

　　"嘿嘿嘿嘿，和中堂，我以为你要说谁呢，我不敢参！你说的是当今万岁，皇上啊……"

　　"啊，您敢参吗？"

　　"哼，你说晚啦，头半个月我就憋着参他呢！"

乾隆
拜蓟州

“啊？我这儿还说晚了哪！噢，头半个月就憋着参他，那您怎么没参呢？”

“是啊，为什么不参，刚才不是说了嘛，我把这茬儿不是忘了吗。今儿个你一提醒儿，哎！今天就参！要是明天参，或参不下来，我都拜你为师。”

故事如何发展？这是什么结局呢？

 十六、刘墉参皇上

刘墉这么一说，再看文武百官，可就炸了窝了：

"什么？刘墉敢参皇上？他是疯了？还是不想活了？这是以小犯上，知法犯法，灭门九族，刨坟掘墓，挫骨扬灰，这……这不要了命了吗！"

"哎哟！他家的夫人孩子怎么过啊！"

"他们祖孙三代为大清朝立过汗马之功，咱们得劝劝，拦住他。"

"两个人可都击了掌啦。"

"击了掌也不能参。"

"就是给和珅多磕个头，拜和珅为师，也不能去。"

"是这话！"

"没错儿，看着吧，绝不敢参！"

刘墉这个人哪，有个毛病，不服软。一瞅大伙儿这样儿，他更来劲儿啦！

"哎，诸位年兄年弟，大家别吵吵，别嚷嚷。这有什么！有什么了不起的，不就是参皇上吗？小事一段！信吗？大家别走，看个热闹？现在我就上殿参皇上，参完皇上不算，我还到后宫参太后。"

"啊？"

大伙儿一听，"嗬！怎么着？还要参太后？！是真疯啦！"

这时就听刘墉喊："臣，刘墉有本！"

大伙儿一听，"真去呀？！"

乾隆一听刘墉有本，宣刘墉上殿！

刘墉来到品级台前，往那儿一跪："臣，刘墉见驾，参见吾皇万岁，万万岁！"

乾隆问："刘墉，又有何奏章？是讨赏啊，还是参人呢？是文官贪了赃啦，还是武将受了贿啦，今儿个你憋着参谁呢？"

"启奏万岁，微臣一不参文，二不参武。因有一事不明，要在驾前领教领教。"

这叫先拍马屁！

乾隆高兴了，闹了半天你也有不知道的事情。嗯，上我这儿请教来了。

"你有一事不明？何事不明啊？说！朕告诉你。"

刘墉说："启奏我主万岁，臣不明白，万岁治学严谨，是倡导求实之君。您对蓟州盘山的风景名胜、历史沿革、名人轶事等，不满足于道听途说、人云亦云，都实地调查考证，去粗取精，去伪存真。"

"对！有什么不明白的就问吧！"

按我《大清律例》，朝廷官员误导民众者，应如何处罚？

"这都知道啊！充军发配。"

"臣冒犯请教，盘谷在何处？"

"这还用细问，盘谷在盘山，朕认真地给你讲讲依据：唐朝贞元十七年（801）著名文学家韩愈送友人李愿归隐，写下了脍炙人口的散文《送李愿归盘谷序》。此文的开端写了盘谷的自然环境：

太行之阳有盘谷。盘谷之间，泉甘而土肥，草木蒙茂，居民鲜少。

或曰：谓其环两山之间，故曰盘。或曰：是谷也，宅幽而势阻，隐者之所盘旋。友人李愿居之。

　　朕考据了韩愈描写的地形地貌，又被称为'雅合田盘之境'。所以，朕认为李愿隐居之处在盘山的盘谷。并在朕《钦定盘山志》中称：盘谷在盘山中央，旧称唐李愿隐处。朕对李愿归隐颇为赞誉，曾在多篇诗文中谈及。如本朝（乾隆）七年（1742）我写的《游盘山记》中称：韩昌黎所称太行之阳有盘谷。无从考其非是，而其为隐者之所以盘旋一也。

　　朕又在本朝十二年（1747）御制《盘谷寺》中说：

　　　　爱此老笔道，
　　　　更豁烦襟冈。
　　　　踽踽策杖人，
　　　　然疑睹李愿。

　　刘中堂，看来你还得好好学习啊！"

　　这一番话，乾隆非常得意。

　　没想到，刘墉说："臣有一拙见，不敢启奏。"

　　乾隆以为他谈学习体会，说：

　　"如实奏来，恕你无罪。"

　　"臣怕冒犯龙颜，遭满门抄斩。"

　　"朕恕你无罪。"

　　"臣怕以小犯上，遭杀头之罪。"

"你啰唆不啰唆,学术见解有何对错?朕愿意听你的意见,快讲!"

"臣有一图,请万岁御览"。

"呈上来!"

乾隆一看此图,顿吃一惊,表情尴尬地问:"刘中堂,详细讲来。"

"臣怕有罪……"

"你没完啦!讲!"

"在本朝(乾隆)三十四年(1769),臣听说李愿隐居不在盘山,而在济源。便命河南巡抚阿思哈亲赴济源调查。终于把问题弄清楚了,李愿隐居的盘谷果然在济源,而不是盘山。阿思哈详细绘制的盘谷、寺庙、李愿住处和韩愈之刻石等图,呈万岁定夺。"

乾隆看后,恍然大悟。

"臣冒犯龙颜……"

"别说了,朕细看了此图,盘谷确实在济源,而不在盘山。"

"皇上考证失误,系偶尔之错。"

"你这是参我啊?"

"这种错误何止一人,蒋溥等人编纂《盘山志》也有两三处引用错了。这种情况的出现,不是不明于学,就是盲从。"

"连我的错误原因你都说啦?!"

乾隆不愧是明君:

"说得好!好一个'不明于学,就是盲从'。"

刘墉得理不让人:"万岁!我看《大清律例》可以改,将朝廷官员误导民众,处'充军发配'一条删掉。"

"你太会说话了,朕如果因自己犯错免处罚而修改《大清律例》,这法

律还有权威吗？朕在朝廷内外、百姓之中还有威望吗？"

"那咱不改。"

"王子犯法，与庶民同罪。"

"那咱就改。"

"改，就失去朕的权威。"

"那咱就也改，也不改……改了也算没改……没改也算改，那您说是改还是没改？"

"你跑这背绕口令了，哎，对啦！刘中堂你说朕应该怎么办呢？"

他把这球又踢回来啦！乾隆心想："我让你看怎么办！"

"太难啦！皇上都没办法处理的棘手难题，问我怎么办？回答不好，就是砍头之罪。"刘墉真是高人，跪在地上又叩一个头，然后说：

"臣倒是有一个办法，不知是否当讲？"

他心眼儿太多啦！跪得腿都麻了，冲着乾隆揉腿，龇牙咧嘴，表演五官挪位。

皇上急着听他有什么高招，乾隆一看他这模样，知道他要的心眼儿。又一想，也没别的主意，现在跟他瞪眼？不行！他占着理呢！怎么办？来硬的说不过去，得！来软的吧。谁让朕误将盘谷定在了盘山，还写了这么多诗，刘墉逮着我个"有把儿的烧饼"。我先听听他什么主意吧！

乾隆一脸笑容：

"啊……啊，刘爱卿，爱卿平身。"

这又叫"爱卿"，又"平身"的，看起来谁的短儿也不能抓在别人手里。

"臣谢主隆恩。"

"甭……甭谢恩啦。赐座，赐座！"

乾隆
拜蓟州

"臣谢……

"行了行了，今儿，咱们……咱们算聊天儿！"

好嘛，金銮殿改茶馆儿啦！皇上跟他闲聊天儿！

"刘爱卿，这儿没外人。你是太后的干儿子，御儿干殿下。拉个家常吧，咱哥俩，是不是？有解决的高招？"

"万岁！咱可以这么办：您微服在蓟州转一圈，明着是私访，暗含着充军。或骑马，或步行，每天三十里路，转一周，免去各种礼节。"

"对！一路之上，免净水泼街，黄土垫道；文武官员免跪接、跪送；不住行宫，住民房——跟老百姓一个样儿。三十里地一天，风雨无阻。一周打来回，路上不许休息，怎么样？"

"好！"

"哎！有个问题，别人发配，穿红罪衣，再来一挂大锁链子……这有碍国体呀。不光有碍国体，于兄弟你的面子上也难看哪，对不对？"

"我想了个主意，咱做个红布兜肚儿，上边安个兜肚链儿，不就行了吗？"

您看，现在带的那个"兜肚"，就是由清代乾隆帝那里流传下来的。

"那两个押送的解差怎么办？"

"我与和珅两人儿保驾。明着是保驾，暗着是押送的解差。您看……请龙意天裁！"

乾隆苦笑："别……还天裁啦！我把自己都裁下来啦！"乾隆一看有了两全其美的答案啦！

刘墉要告辞，乾隆一瞪眼，在龙书案上，"啪"一拍那块"龙胆"：

"刘墉！你可知罪？"

啊！这变脸变得这么快？！

"刘墉，你可知罪？"

刘墉"扑通"跪下了："臣，知罪！臣上殿谤君，以下犯上，知法犯法，灭门九族，刨坟掘墓，挫骨扬……"

"行啦，行啦，甭往下说了，这些罪朕都给你免了。"

乾隆想："你的智商还想跟我斗！"

"但有一项罪，朕没给你免。"

"啊？"

乾隆还留了一手。

"刚才你一上殿，什么臣该死，臣该万死，臣该万万死。你都把我气糊涂啦！我把你所有死罪都免了，你才参的我呀！你这官儿算做到家了。行！你有能耐，愣把皇上给参下来了。你有本事、有才学，你还没罪。可有一节呀，你能耐再大，许我这儿不用你，许不许呀？把帽子摘喽！"

按清朝的制度，帽子一摘，顶子、翎子一取消，就算丢官罢职啦！

"把帽子摘喽，压在龙书案上，回家后，限你三天，把礼士胡同中堂府腾出来，你返回原籍，种地抱孩子去！三天！三天之后，第四天，北京城里要再见着你，叫'不经召见，私自入都，有意刺王杀驾'。到那时候，可别怪朕心狠手毒，哪见着你，哪儿杀，就地正法！听明白了没有？"

"臣谢万岁！"

"朕念你多年为大清所做贡献，赏你三万两银子作为路费，下殿去吧！"

乾隆为什么翻脸不认人？他有两条考虑，一是参皇上之风不可长，否则谁都想找我毛病，丢的是大清的威信；二是他参的事情对，我虚心接

受，将来找个茬儿，我再重新起用他。

头品大员、敕封三千岁、太后御儿干殿下，那么大的官儿，要混到丢官罢职，一摘帽子，得心痛死。但这事儿搁刘墉身上，他一点儿都不难过。为什么呢？因为刘墉这帽子……常摘！就跟那个耍猴儿的似的，一会儿摘下来，一会儿再戴上。摘了戴，戴了摘，一个月有摘四回的时候！这会儿把皇上气糊涂了，惹急了，把帽子给留下啦。过两天儿，想出个主意，"叽"又给他戴上啦！所以，别人心痛，他不心痛、不难过。手一托，把帽子搁龙书案上啦。

"万岁！您……还有事吗？"

乾隆说："还有什么事啊？没事了！"

"既然没事，那我可要走了。"

"走吧！"

刘墉往起一站，冲乾隆一点头儿："哥们儿，咱改天见。"

皇上一听，心里想：噢！这儿真成茶馆儿啦！什么叫"哥们儿，咱改天见"哪？

有心把他叫回来问问，一琢磨：不行。你把他叫回来，问什么呀？问他为什么说"哥们儿改天见"？

他会说："当然了，我这帽子摘了，官儿没了！有官儿咱们是君臣，现在虽说官儿没了，可干亲没断哪。您是太后的亲儿子，我是太后的干儿子。跟您说一句'哥们儿改天见'，能治罪吗？"他官儿都没啦！也不能让文武大臣笑话皇上没有度量。让他回家还给他三万两银子，功是功，过是过。得了，让他走吧！"

刘墉下殿之后，来到朝房，冲大伙一拱手：

"诸位，诸位……"

大伙抬头一看，呦！帽子没啦！这是真参下来啦！

和珅一瞅，心里嘀咕："这是怎么回事？参皇上，得杀！灭门诛九族，立即押往大牢，可是他乐着出来了。没参？他这乌纱帽没了。可要真参了，我得拜他为师。这不是让我丢人吗？得！赶紧溜，一转身儿……"

刘墉过来了：

"哎呀，和中堂，哈哈哈哈……啊，那什么，咱们俩打赌不是参皇上吗？我呢，现在已经把皇上参下来了。没别的，你什么时候磕头拜我为师啊？各位王爷都担保了，咱也击了掌啦！要不……你现在就磕？"

他可把和珅臊得够呛。

"你真参假参？参的什么结局？我得问明白呀！"

"怎么着？害臊啊？"

一转脸儿，跟大伙说："诸位年兄、年弟，我把皇上参下来，这官儿可丢了，回家种地抱孩子去了。可是呢，我这儿眼下，还有一档子喜事儿，就是收个小徒弟儿！诸位，您们核实我是参了没有？皇上是否认账？明天诸位一个不能少，都到我家去吃席、喝酒，我高兴！俗话说得好，这'师徒如父子'，明天中午我可等着大家啊！"

嗬！他哈哈大笑，扬眉吐气地走了。

和珅呢，脸臊得跟大红布似的。九王爷一瞧，问和珅：

"我们是保人，对不对？你说这事儿怎么办吧？要不我把罗锅儿叫回来，干脆，你给他磕个头得了。"

"嗨！王爷，您还跟这儿起哄呢。要不是您，我们至于打个赌吗？"

"别弄这套，我知道你想害刘墉，画个圈让刘墉往里跳，你斗得过

他吗？"

朝房里议论纷纷，大伙儿都看热闹，这时有人说："到底参下来没有？"

那个说："谁知道哇……"

哎，正巧，有四个小太监换班儿，九王爷一招手："哎！过来一个！"

叫过来一个小太监。

"给九王爷请安。什么事您？"

"问你点儿事情。刚才，罗锅儿上殿干什么去了？"

"啊，参皇上。"

"参……真参皇上？！"

几位王爷全愣了：

"怎么样啊？"

"参啦。"

"啊？参啦！参的什么？"

"刘中堂参皇上，'将盘谷定在盘山，是朝廷误导'，按《大清律例》，应充军发配。"

"结果呢？"

"皇上微服每天走三十里，免去一切礼节。明着私访，暗含着发配，算是发出去啦！"

"嗬！真有办法，那给罗锅儿什么罪呀？"

"就是把帽子留下啦，别的罪没有。"

和珅说："不对，以小犯上，上殿谤君，知法犯法，灭门九族。怎么就落个丢帽子啊？"

小太监说："是啊，这些皇上也明白，可他比皇上还明白！他先讨的

恩赦，后参的皇上。皇上没主意，先把他的罪都赦免了，结果让刘墉参下来的。还赏给他三万银两，作为回家路费。"

和珅一听，又有一计："让我给你罗锅儿磕头认师，门儿也没有，小瞧我了，这回皇上给你把官免了，我和珅要你的脑袋，让你犯杀头之罪。"

这和珅想的是什么法儿呢？

十七. 和珅设计杀刘墉

和珅一听：皇上还给刘墉三万银子，作为回家路费。又心生一计，要上殿面君。

"奴才和珅有本。"

乾隆正坐那儿生气哪，一听和珅有本，没好气地说：

"宣和珅上殿！"

"启禀万岁！罗锅儿刚才不定怎么绕道万岁爷，把皇上绕迷糊了。奴才心疼啊……"

说着还唏嘘了几声，然后说："奴才有一想法，咱不能充军……"

"有什么办法？"

"您不是赏罗锅三万两银子吗？由奴才去提款。"

"你送去？"

"不！奴才提款，您颁旨将我交给七王爷、八王爷，让他们给刘墉送去，然后就行啦！"

"这叫什么办法？"

"您就等着看热闹吧！"

这是怎么回事儿呢？

原来是和珅提完三万两银子之后，往里又多放了一万两。和珅这么财迷，能从家里头往里多放银子吗？这回他宁可自己掏钱也要陷害刘墉。

乾隆
拜蓟州

"只要你刘墉收下银子，我是九门提督，无论你从何处回乡，我都有权派兵查你，到时看到你多一万两银子，打你一个贪赃枉法、贪污银两，让你脑袋搬家。我拜你为师？我让你哭都找不着大门。"

然后他下朝就去提银子，再从家拿一万两银子，跟三万两放在一块儿，交给七王爷和八王爷。他就哼着小曲儿，在等乐儿。

七王爷和八王爷押着银两，送到刘墉家里。刘墉在门口等着呢，拦着不让进。

"银子不要啦？"

"回二位王爷，银子不要等于抗旨不遵，犯有杀头之罪"。

"要？那你不让我们进门儿？"

刘墉一招手，过来十几位武僧，手持棍棒、兵刃，异常威武。

"刘墉！你……你想造反？"

把两位王爷吓一跳。

"回王爷！这是我盘谷寺武僧，修寺急需香火善银，所以，我以圣上名义将银子捐给他们啦！这银子不能进我家。"

"好！刘墉不愧是忠臣，银子交给他们，咱回见了。"

"等等，二位王爷留步。"

"请我们吃饭？！"

"我让领银子的人清点银两。"

"你还不相信我们二位王爷？"

"不是……他那个那……万一银库里的人……我无职无权了，他们欺负我一介草民，少给一两，我都得找皇上算账去。"

"有可能吗？"

"二位王爷息怒，您受累在这当一会儿监工。"

"得！我们这儿站半天了，搬俩凳子来。"

"回王爷，没有凳子。"

"啊？堂堂的刘墉府没有凳子？"

"不瞒二位王爷，为了凑路费，我把凳子给卖了。"

"有这事儿吗？"

"得！赶紧数银子。"

这一数不要紧，多出一万两银子。

刘墉说："我明白了，这是二位王爷赏给我的，您说这要不数，不就肉埋饭里了吗？我这里谢二位王爷。"

"打住！先甭谢，我们可没给你银子。"

"那我刘墉也收下了，这可能是大银子生小银子，三万两生出一万两来，您回去，向皇上交旨吧！"

"这可不行，你得跟着我们一起面君。"

"我已成一介草民，面君有诸多不便。"

"别来这一套，你都跟皇上论哥们了，还有所不便？你不跟着说清楚怎么回事儿，我们还能跟皇上说：'这是大银子生小银子'吗？"

三人面见乾隆，乾隆一看，来了仨人，先问二位王爷："你们是来交旨？刘墉干什么来了？"

"啊！我想问问，万岁您赏我多少银子？"

"赏你多少？朕赏给你三万两。"

"由二位王爷作证，给我送去的是四万两。"

乾隆也纳闷儿，宣和珅。

乾隆问："和珅，朕问你，我让你提三万两银子，为何多出一万？"

和珅一听，坏了，要露馅儿。他赶紧编："奴才回皇上！这是……他……怎么多出一万……"

"朕问你呢？"

"他……他是这么回事……奴才与刘墉相处多年，实在不舍，所以，我从家里拿了一万两，表示表示。"

乾隆多明白呀，他回想和珅说的"咱不充军，我有办法，您赚好吧"。然后请旨从库里领银子，由他交给二位王爷。"我明白了，这是想陷害栽赃刘墉，我还不能将此事说漏，终究和珅是为我好。"

乾隆问二位王爷："那一万两银子呢？"

"回万岁！刘墉将这多余的一万两和您赏给他的三万两，全以圣上的名义，捐给了盘谷寺。"

"啊？捐赠盘谷寺！"

乾隆听后吃了一惊，眼泪差点流出来。为什么？

您听了理由，就能明白为什么刘墉先后多次被乾隆罢免，又多次官复原职，而且一次比一次职位高、一次比一次能够得到皇上的信任。这是刘墉高人一筹之处，也是刘墉被免却毫不在乎的原因。他心里有数，自己只要略施薄招，就能官复原职，还能让他们激动得流泪。这刘墉就这么会当官。

这乾隆激动得流泪，原因是：

第一，乾隆的爷爷康熙一生共去盘谷寺九次，与主持智朴交往甚密。智朴又是一代诗僧，与康熙皇帝互相唱和，留下许多著名诗篇。现在将刘墉免掉，他却将赏给他的路费银两用来怀念康熙爷，不忘康熙爷，做得比

乾隆这个孙子都好。"我都没想起这么做,这不成了'装孙子'了吗?"

当然了,"装孙子"这句话是我加的。

乾隆想:"这样忠于我大清的为官者,我为什么非要考虑一点儿面子,怕人家说我的不是,就把人给免了呢?这是我的肚量不够啊!"

第二,智朴奉康熙爷御旨,苦熬九个寒冬酷暑完成钦定《盘山志》的写作,刘墉以乾隆的名义将钱捐给盘谷寺,众人称"皇恩浩荡",这是被免职之官替皇上做的啊!

第三,乾隆的盘谷考证错误,刘墉捐钱修缮盘谷寺,其中用意就是要正本清源,纠正他的错误,恢复历史本来面目。这种对历史负责、对后人负责、对中华文化负责之人才,才是大清应重用之人。

乾隆的表情,刘墉已经看出来了,心想"这招管事儿"。这时,乾隆富有深情地说:"刘墉……"

"大哥好!"

他还没忘这茬儿,这时候再叫大哥,也不让乾隆讨厌了。

乾隆以聊天的口吻说:"朕错将盘谷定在盘山,为何你不悄悄地提醒我,而非要参我呢?"

"是这么回事儿……"

刘墉心里盘算:"你和珅这么财迷愣往赏赐我的路费银中加一万两银,这是明摆着陷害栽赃,想要我的命。你就是不拜师,也不至于如此狠毒啊!"

这时刘墉开始告和珅:

"为什么参您?这事不怨我,我没想参您,是和珅逼着我参您。"

"啊?有这事?"

"对！我参了和中堂修御路偷工减料，旧石翻个。和中堂就讥讽我：'你今天参文、明天参武，你欺软怕硬，有一人你就不敢参。'我说：'身为御史言官，执法无私，谁犯法，就参谁！'"

乾隆说："这话没错！"

"是啊，可和中堂说：'有一人就怕你不敢参。'我问：'谁呀？'他说：'就是当今万岁。'还跟我戗火：'你要敢参，我拜你为师；要不敢参，你拜我为师。'这人有脸树有皮呀，当着文武百官，他这么一将我，您想，我能磕头拜他为师吗？"

他把责任全推和珅身上了。

乾隆问："这是和珅鼓捣的啊！"

"所以，挤兑得我没办法了，这才参的您。"

嘿！皇上这个气啊！噢，为争当师父，拿我打赌玩！

"刘墉，你也是聪明一世，糊涂一时啊。和珅挤兑你，让参我，你就参？还给我出主意，让我戴个红肚兜儿充军，你跟和珅当解差，朕能不免了你吗？"

"您英明！"

"不！将盘谷错定在盘山，你提得对，朕还作诗多首认定此事，这是误导民众。"

刘墉一听，赶紧磕头："请万岁不必过虑，就连陶渊明都出过不少错误。"

乾隆说："陶渊明好读书而不求甚解，对他来说是可以的，因为他'高尚避世，理有所不必明，身有所不屑，修事有所不足制'。而在为人君者益不可。"

乾隆

拜蓟州

意思是"陶渊明可以，我作为皇上有诸多不益"。

然后，他感慨万千地说：

"刘墉！你明天陪朕一起去盘谷寺。帮朕回忆我朝康熙爷与诗僧智朴所作诗篇，以继承怀念康熙爷对蓟州之情。"

"遵旨！"

乾隆这时跟刘墉拉家常："刘墉，你爷爷刘棨是我大清中堂，你爸爸刘统勋是中堂，你又入阁是中堂，辈儿辈儿中堂，你们家是铁帽子中堂啊……"

刘墉没等皇上说完就开始磕头："谢主隆恩。"

乾隆一愣："哎！你谢什么恩呢？"

"万岁！您不是封我铁帽子中堂吗！"

"啊？"

刘墉没容皇上再说话，一伸手从龙书案上把帽子拿过来。给自己戴上！皇上觉得滑稽可乐，说："刘墉，你等等。你现在跟我论哥们儿。和珅是我亲家，朕的十公主嫁给了和珅的儿子。他要是拜你为师，朕的辈分怎么排？"

乾隆太有谋略方法了，"我让你刘墉自己说怎么办"。

刘墉聪明："我是跟和中堂逗着玩儿的，对吧，和贤弟？"

乾隆哈哈哈一乐："你这是为了官复原职啊！"

"谢主隆恩！

"你！你又谢什么恩呢？"

"您叫我官复原职啊！"

得！这官儿他又讹回去啦！

和珅心想："最倒霉的是我呀，又没了一万两银子。"

乾隆
拜蓟州

这时，乾隆又说："明天，诸位爱卿陪我拜盘谷寺，为反思自己情况不明，引用错了，误导了此事。"接着乾隆问："诸位爱卿！我这样做是否比充军更好啊？"

众人跪地齐呼："万世明君，吾皇万岁！万岁！万万岁！"

乾隆是如何认错？并昭告天下的呢？

十八、乾隆认错昭告天下

转天，乾隆带着文武百官登盘谷寺，一路缅怀康熙爷九次登盘谷寺。并拜盘谷寺，当场认错。他作为盛世帝王，是怎么认错的呢？

他亲自撰写一篇《济源盘谷考证》。

这篇《济源盘谷考证》，计三百八十言。文章记述了事情的原委，作了自我剖析。他在文章中还列举了陶渊明的例子。

他又是怎么将自己的错误昭告天下的呢？

他颁旨：将《济源盘谷考证》，连同《送李愿归盘谷序》书写成碑文，分别刻于济源和盘山，引以为戒，昭示后人。

盘山的《济源盘谷考证》碑，立于静寄山庄内的石佛殿前。《送李愿归盘谷序》碑，竖在静寄山庄西北角的碑亭内。

刘墉也佩服得五体投地，您想：如果乾隆是个昏君，刘墉能心甘情愿伴其左右吗？如果像影视剧中所说：乾隆昏君无能、不学无术，游龙戏凤、游山玩水，清代能进入康乾盛世吗！

身为"盛世之君"的乾隆，有着实事求是、纠错不怕出丑的精神，难道不应该值得我们借鉴吗？

现在，矗立在盘山的《济源盘谷考证》《送李愿归盘谷序》的石碑已毁，但当时送往河南济源的乾隆亲笔所书之文，因刻在高山摩崖，保留至今。我把《济源盘谷考证》原文刊录如下：

济源盘谷考证

清　乾隆

读书所以明理，修身制事也。陶渊明好读书，而不求甚解。余以为在渊明则可，在他人则不可。彼其高尚避世，理有所不必明，身有所不屑，修事有所不足制，故可耳。若予之读书，凡涉疑、必求解其疑而后已。此或有合于韩昌黎解惑之说乎？昌黎之送李愿归盘谷也，其事本在济源。只以盘山亦有盘谷，而太行山实为天下之脊，西南发昆仑，东北走辽海，盘山亦在太行之阳也。故予向居田盘，每假借用之，而昌黎诗中所云燕川方口，又雅合田盘之境。然无以证其实，终属疑似，且不知济源之果有盘谷否也。因命豫抚阿思哈亲至其地访焉。至则若谷、若寺、若李愿之居、若韩愈之文之刻于石者，一一详绘以进。于是憬然悟曰：盘谷实在济源而不在田盘，予向之假借用之者，误也。岂惟予误，蒋溥等之辑《盘山志》，二三其说而未归一是者，非不明于学，则有所面从，亦误也。

夫古人事迹，亦何系于今时，而有如适所云者。则予不惟憬然悟，而且惕然惧矣。予故曰：陶渊明之不求甚解，在彼则可，在他人则不可，而在为人君者益不可。因书其事，命于济源、田盘摩崖两泐之。

众臣对于乾隆敢于纠正自己错误，发自内心地敬佩，五体投地地跪地山呼："圣上万岁！万岁！万万岁！"

乾隆写完《济源盘谷考证》之后，如释重负。主要的事情已办妥，心中还挂念两事：一是康熙爷九次在盘谷寺参佛，并与诗僧智朴吟诗作对联，应去寺中礼佛，以怀念、重温、继承康熙爷的遗志；二是刘墉捐银盘谷

乾隆
拜蓟州

寺，言僧人生活拮据，应予以朝廷关怀。

　　乾隆将"认错"勘误的大事了结，再去盘谷寺礼佛，心情大悦。盘谷寺居盘山中部，群山围绕、环境清幽，前有清凉山、漱玉泉、松坞，后有杏花阪、龙首岩，中有秋月堂、巢云轩、选佛堂等。寺周杏花甚盛，诗僧智朴有诗云：

　　　　杏花万树开，
　　　　映日光皎洁。
　　　　东风过岭来，
　　　　满地翻晴雪。

　　乾隆高兴地问："诸爱卿，这盘谷寺与盘山使朕心情愉悦。你们随朕到此，有何感受呢？"

　　和珅急不可耐抢下回答，为什么他这么着急呢？

　　因自己修御路偷工减料，败在刘墉手下，打赌参皇上，又让刘墉揭了老底儿，要不是皇上给自己找了个台阶儿，自己在文武大臣面前威严扫地。

　　耿耿于怀的他，准备陪乾隆登盘谷寺时，再与刘墉一决高下。为此，他做足了功课，翻阅大量史料，又请身边的文人雅士为其献计献策，觉得胸有成竹了，高兴地、发自内心地自言自语："罗锅儿啊，罗锅，别觉得你有学问，这次我要当着皇上和众大臣的面，让你丢尽脸面。"他准备了三招儿，心想：这三招一定让乾隆愉悦，让刘罗锅儿甘拜下风。这是何招？结果如何呢？

 十九、和珅与刘墉过招儿

当乾隆问众臣，有何感受之时？和珅抢着启奏：

"奴才心潮澎湃，这盘山在我大清盛世，凸显我大清儒、道、佛深厚底蕴，只有在万岁恩宠之下，才有了诸多的寺、庵、庙、室，为感恩和牢记万岁千秋功绩，奴才已将这些建筑烂熟于心。"

接着他背了一段"贯口"。

您可能说了："贯口"是相声中的基本功，和珅怎么能会呢？您有所不知，相声来源于全堂八角鼓，全堂八角鼓是在清代宫廷开始兴盛发展传承。在全堂八角鼓中，有说、学、逗、唱，吹、拉、弹、唱，有岔曲儿，有生、旦、净、末、丑。其中就有"贯口"。和珅随即利落地背诵：

除了天成寺、万松寺、云罩寺、少林寺、千像寺外，盘山寺庙还有：天香寺、上方寺、感化寺、广济寺、双峰寺、普济寺、香水寺、白岩寺、静安寺、净名寺、龙泉寺、报恩寺、中盘寺、法常寺、定慧寺、慧因寺、古中盘寺、盘谷寺、金山寺、招提寺、云净寺、法藏寺；有青峰庵、圣泉庵、白岩庵、净土庵、朝阳庵、瑞云庵、观音庵、川刘家庵、弥勒庵、水月庵、大慈庵、报国庵、华岩庵、接引庵、翠云庵、秀峰庵、龙泉庵、继靖庵、西方庵、大悲庵、龙凤庵、甘露庵；西架静室、东架静室、黑石峪静室、茶子庵东静室、中盘西静室、少林寺静室、九儿峪静室；

四座关帝庙、三座山神庙、五道庙、药王庄庙。

和珅这段"贯口"背诵之后，获得文武百官满堂掌声，就连乾隆皇帝都交口称赞："和爱卿，有超常记忆，多才多艺，功底深厚。刘中堂有何见教啊？"

和珅见乾隆夸赞，异常兴奋，心想："你刘墉就是个木头疙瘩读书匠，有我这才华吗？"

刘墉道："启奏万岁，和中堂博学多才，尤在才艺上胜我一筹。微臣只是一读书蠢才。"

和珅想："我这第一招，你刘墉就相形见绌，我后头还有第二招、第三招，你就等着接招吧！今天我要不把你弄个灰头丧脸，我都妄为大学士。"

乾隆对刘墉道："读书也应该有所收获吧？不能空读书、脱离实际地读书。"

这太为和珅撑腰鼓气啦！

刘墉道："我只是钻研了盘谷寺之名的由来。"

乾隆一听这话来神儿，因为他错将盘谷定在盘山，与盘谷寺之名有关啊！谁定的盘谷寺，为什么定盘谷寺？他还未及研究过，于是问刘墉："刘爱卿，盘谷寺之名，因何而来？"

"启奏万岁，恕臣班门弄斧了。盘谷寺原名为青沟禅院，是江南徐州人智朴所建。智朴，号拙庵，生于明崇祯十年（1637），十五岁为僧，深得禅机。三十五岁至盘山，结茅青沟，始建青沟禅院。圣祖康熙爷于康熙十四年（1675）十月十三日，幸临青沟禅院。智朴接驾，始结善缘。此后康熙爷九次到该寺参佛，并与诗僧智朴吟诗唱和，现在盘谷寺留有康熙皇帝

《赐智朴和尚》碑。康熙十七年（1678），康熙爷敕赐'盘谷寺'。从此，人们只记得盘谷寺，青沟禅院之名逐渐被人们淡忘。"

"好！刘中堂的考证清晰明了，闹了半天，盘谷在盘山是从我爷爷那就错啦！刘中堂治学严谨。赏！"

这一个"赏"字，就证明和珅的第一招就输给了刘墉！这时，和珅抢前一步道："请圣上龙目御览。"

那意思是："我背"贯口"是垫场小段儿，这还有重器未亮相。"他呈上乾隆面前的是什么？

是乾隆在盘山题诗、题文摩崖石刻的拓片，这些拓片由造办处精心装裱百余套，每套包含静寄山庄、天成寺、万松寺、东西甘涧、云罩寺、东竺庵、古七中盘、盘谷寺、少林寺、千像寺等处乾隆摩崖石刻131桢。其中题文1桢，题字12桢，题诗118桢。

和珅慷慨激昂地奏道："我主圣上，开创了盘山题诗、题文摩崖石刻的先例。奴才拟将拓片分发文武百官，以使我们世代牢记典籍，领悟万岁高瞻远瞩的境界，学习万岁的学识才华。"

这马屁拍到家啦！乾隆都乐得合不上嘴儿了，看了一眼刘墉，说："刘中堂，对此有何见教？"

刘墉奏："臣有一拙见，不知是否当讲？"

"讲之无妨。"

"臣以为，智朴卒于康熙四十三年（1704），应赐金、赐封，为智朴修建墓地。这不仅可以彰显康熙爷与一个普通僧人交往之多的世所罕见，以不忘先帝恩光遍照处，仰天呈赋颂；又可以表彰智朴呕心沥血九个寒暑，撰就第一部《盘山志》，以伸张我主圣上'亲民敬贤'。自古以来，亲民方

乾隆
拜蓟州

得人心，敬贤方获人才……"

"好！正合朕意。"

乾隆不是昏君，立即颁旨，赐金修建智朴墓，并敕封追授智朴为进士。现盘山盘谷寺东北的"南天门"下，有一座覆钟式亭，亭下有拱形石门，这就是诗僧智朴的墓，又称"进士坟"。每当人们去盘谷寺参佛，看到进士坟，都感念朝廷重视有贡献的贤达人士。

紧接着乾隆又看了一眼目瞪口呆的和珅，说："朕的题诗、题文之摩崖拓片，由后人去评说，不必张扬。"

然后面对众臣，乾隆又说："诸位爱卿的学识，不是知道多少，做学问的最高层次，是境界、眼界、智慧，高瞻远瞩。"

这番话又是对刘墉的褒奖，也进一步提高了刘墉在文武百官心目中的形象。

和珅的第二招又遭到惨败，和珅也随机应变，夸奖刘墉："刘中堂是我们的榜样，值得我毕生恭恭敬敬地学习。"

然后话题一转："我现在有一事不明，望刘中堂明示。"

这是和珅的第三招。

和珅抬头看见僧人的案头摆放着一方宋砚，是一件珍贵之物，很兴奋。因为他主管造办处，宫内的宝贝都经他手，自己也私藏了无数珍宝。心中暗想，我考考你文物知识，这应该是你刘墉的弱项。随之问刘墉："请教刘中堂，不知您可识此物？"

"不才刘墉，曾用这种石砚研习书法，写过文章，对其概况略知一二。此砚石呈黄红色，并带有各色丝纹理，这是青州的黑山石砚，紫红底，灰黄丝纹，质嫩理润，色泽华美；手拭如膏，与墨相亲，发墨如泛油，墨色

104

相凝如漆，是砚中珍品。西晋张华的《博物志》一书中就记有'天下名砚四十有一，青州红丝石第一'的赞语。唐代著名书法家颜真卿、柳公权，宋朝的书法家兼文学家欧阳修，诗人陆游等，对此砚都给予高度的评价，可见此砚亦乃珍品。"

乾隆听后，替和珅撑腰，在和珅题目的基础上又增加一题，说：

"刘爱卿既知其底细，何不作一首红丝石砚诗？以开众人耳目。"

刘墉答道："臣遵旨。"

遂疾书红丝石砚诗一首。诗曰：

山东名水说青淄，

石子团团作砚宜。

海国文章资润色，

济邦学士仗扶持。

磨砻自可称良友，

启迪无能号尊师。

顽滑诸君应莫数，

相陪唯许请红丝。

乾隆阅诗后，高兴地笑着说："刘爱卿真是博学多才，名不虚传。刘爱卿今天大显身手，朕甚欣慰。两位爱卿再来个对联，以助今天欢乐的气氛如何？"

这正中和珅之意，因为他知道乾隆喜欢对对子，自己聚集诸多文人雅士，作了充分准备，这也是和珅要与刘墉过的第三招。

对此，我也为和珅正名，和珅的学识绝不是过去评书艺人和相声艺人所描绘的那样无能无知。如流行最广的是乾隆给和珅、刘墉出对子：

"什么高？什么低？什么东？什么西？什么薄？什么厚？什么肥？什么瘦？"

然后和珅答："黄瓜高！茄子低！东（冬）瓜东！西瓜西！羊尾巴油肥！羊腱子肉瘦！"

然后刘墉回答："君高！臣低！文东！武西！人情薄！皇恩厚！春雨肥！严霜瘦。"

乾隆一琢磨和珅的"黄瓜高！茄子低！"噢！我成黄瓜，大臣成茄子啦？什么"东（冬）瓜东！西瓜西！"

"我的文武百官都成冬瓜和西瓜啦……"

这些都是无稽之谈，您想：

乾隆四十六年（1781），和珅兼任兵部尚书，乾隆四十九年（1784）再授和珅轻车都尉世职，并任命他为吏部尚书，乾隆五十一年（1786），授文华殿大学士，兼任翰林院学士……掌管吏、户、刑三部及三库；在文化上，和珅先后担任过《四库全书》正总裁、《钦定热河志》《大清一统志》《三通》《清字经馆》《石经》等书的正总裁、总裁。

此外，和珅还一直模仿乾隆的笔迹，当侍卫之前，他的字已练得颇似乾隆的字了。和珅的诗画在同辈中也颇有名气。

清人钱泳在《履园丛话》中认为和珅的诗句有"佳句可寻"，他的许多诗是奉乾隆之命而作的，由此可见乾隆对和珅诗作的肯定。这里录和珅《奉敕敬题射鹿图·御宝匣戊申》一首如下：

木兰较猎乘秋令，

平野合围呦鹿竞。

霜叶平铺青嶂红，

角弓晓挟寒风劲。

图来制匣宝装成，

贮就天章玉彩莹。

文修武备双含美，

犹日孜孜体健行。

另外，从存世的《嘉乐堂诗集》中，我们仍可觅见和珅的文采及对妻子、子女、兄弟的儿女情长。

乾隆更是个知识渊博的人，既有才，也爱才，爱学习，经常日不离书、手不离笔。他最喜欢作诗文，练书法，联对也很喜好。今天他特别高兴，便让和珅刘墉作对子，谁也不敢违抗。和珅奏道："奴才遵旨。"

他想先在砚台上开始，遂吟道：

洗砚鱼吞墨；

这是说，砚台上刻有一条鱼，洗砚时恰似鱼吞墨。

刘墉遂接着对道：

烹茶鹤避烟。

　　乾隆点头："烹茶"对"洗砚"都是动态之词，"鹤避烟"对"鱼吞墨"既对仗又合平仄。

　　这时和珅抬头，见刘墉那身官服胸前绣着一只凤凰，过去，武官胸前绣虎，文官胸前绣凤，遂对刘墉说："刘中堂，我再出个对你对。"遂吟道：

　　　　鸟入风（風）中，吃虫变凤（鳳）；

　　刘墉一听，知道是根据自己官服上凤凰说的，过去都是繁体字，"风"字中有"虫"，"凤"去了虫，加上"鸟"字就成了"凤"字，因为繁体字的"凤"中是个鸟。

　　刘墉心想："你和珅找了多少秀才、举人帮你筹划今天和我对对儿啊？"他略加思索遂对：

　　　　公居林右，拔木栽松。

　　林字去了一个木字，加上一个公字，成了松字了。
　　乾隆听后说："对得好！"
　　和珅说："我还有！"遂吟道：

　　　　此木为柴，山山出；

　　刘墉一听，这是拆了两个字为对，即"柴出"二字。心想：我也得用两个字拆开对上。他想了一会儿，遂吟道：

　　因火成烟，夕夕多。

　　把烟和多二字拆开对上了。
　　和珅又接着吟道：

　　　烟锁池塘柳；

　　乾隆赞叹："这五个字，有金木水火土五行的偏旁，刘爱卿，你也得带有五行偏旁的字对上才好。"
　　刘墉思考后对：

　　　炮镇海城楼。

　　也是用五行偏旁对的。
　　乾隆听后，高兴地赞道："二位爱卿，才华出众，可庆可贺。"
　　他想：和珅私下用功啦！这几个上联出得好！刘墉的下联对得更好。因为上联可以事先思考做准备，下联就不同了，要随机应变，合情、合理、合意应对，还得辙韵、平仄合乎法则。便想见好就收，免得和珅露怯。怎么让他们停止呢？乾隆看见山下一条河，便说："朕出个上联。"

　　　百尺河里千寸水；

　　意思是：河里的水平了，二人是棋逢对手下了个平局。

刘墉一听就明白，这是以河水比喻棋逢对手。他心中暗想，我肚子里有的是对联儿，不能让和珅和我平局。遂不服气地对道：

半斤瓶内八两油。

过去旧秤制一斤是十六两，半斤瓶正好装八两油。刘墉的意思是我肚里的对联儿，和瓶内的油一样，满满的。

乾隆一听刘墉的下联，是不想平局，看苗头还想要分个高低！心中暗想，你刘墉肚里的对联再多，也不能在今天这种场面上非要与和珅分个高低。什么事情，总得根据环境，适可而止。这时他看见蓟州家家户户都晒大酱，这大酱也是蓟州特产，想到这里，说："我出一谜你们猜何意？"

然后吟道："日西晒酱，时将西。"

刘墉一听，非常佩服乾隆："圣上真有学问。"

这是将一个"晒"字拆开，又连成一个句，而且连得很有理。并暗忖：日西晒酱，快没有太阳了，还晒什么酱？这分明是叫我结束。

和珅更明白，这是圣上为了在群臣面前保住他的面子，他眼珠子一转，便顺水推舟油滑地说："刘中堂，既是太阳将落，只好明天再晒酱吧！"

乾隆想的是：和珅跟刘墉，俩人这劲儿拧得够大，面和心不合。这不行！一武一文，一满一汉，是朕的左膀右臂。别窝儿里反，自己掐自己呀！长此下去要耽误事。嗯，得给他们俩调解调解。赶早不赶晚儿，干脆，就今儿吧。说："和珅、刘墉，你们两个人，一满一汉俩中堂，是朕的左膀右臂，我今日要赐两位爱卿共同进膳。"

皇上要请两人"撮"一顿，和珅异常兴奋，说："奴才谢圣上恩宠。"

乾隆
拜蓟州

刘墉盯了和珅一眼，心说：你不是先想着吃吗？！说："和中堂，我出一上联。"

　　水饺，酱鸡，扒鱼翅；

和珅说："这有什么啦？这种对联儿我最拿手啦！我对：

　　馅饼，烤鸭，烹大虾。

哈哈……怎么样？你'水饺'，我'馅饼'；你'酱鸡'，我'烤鸭'；你'扒鱼翅'，我'烹大虾'。"

乾隆一听"你是沾吃就来神儿"。马上说：

　　做一吏要知人间百味；

"吏"就是官，意思是为官者要胸怀天下，体察民情，知道老百姓的喜、怒、哀、乐、甜、酸、苦、辣，这就是"做一吏要知人间百味"。

和珅一听，有人间百味，这没的说呀！还是吃呀！就抢先一步，嬉皮笑脸地说："万岁！我来！"

　　来二两方解市井千愁。

"这是什么乱七八糟的！"乾隆瞪了和珅一眼，心想："你这点儿学问

乾隆
拜蓟州

要露馅儿。"马上说："今日要吃百姓饭，免去一切君臣之礼，不必拘束。"然后说："饭后你们不必陪朕，你们分头去微服私访，了解民情民意，访贤纳士，广纳人才，壮我大清江山。"

和珅一听更高兴了，因为他在古镇看见一个古色古香的大宅门，门头匾额写着两个字："虫二"，门框左右有一副对联，上联是：

言对青山恨无山，二人土上唱谈心；

下联是：

三人骑头无角牛，草木丛中站一人。

这是什么地儿？这是专门接待文人墨客、达官贵人去的妓院。

"虫二"两字是"风月无边"的意思。"风（風）"没有边儿，念"虫"；"月"字没有边，念"二"，"虫二"两字就暗喻是"风月无边"。

大门的上联"言对青山恨无山""言"对"青"没有山，是个"请"字，后半句"二人土上畅谈心"，两个"人"在"土"上，念"坐"；下联"三人骑头无角牛"，三人，是"奉"字上面部首，无角牛，牛字无一撇，是"奉"字下部首，前半句念"奉"，后半句"草木丛中站一人"是"茶"。上下联合在一起是"请坐奉茶"，横批是"风月无边"。

和珅在北京是九门提督，管着八大胡同勾栏院，但在京城不敢胡作非为，到了蓟州他要放松自己。所以他对皇上的赐宴，没有多大兴趣，恨不得马上吃完饭就去"私访"。

乾隆
拜蓟州

　　咱再说这顿饭，吃得有学问、有讲究，和珅又让刘墉戏耍一番。还特别有趣儿，怎么有趣儿？吃的什么呢？

 二十、鱼头泡饼之趣儿

　　刘墉一听赐宴，吃百姓饭，免去一切君臣之礼，心中高兴。为什么呢？因为如果跟皇上在保和殿一块儿吃饭，不是享清福，纯粹受罪！头一样儿：大臣不能入座，得站着吃，跟皇上平起平坐？那哪儿行啊！二一样儿，礼节烦琐，得行六肃礼。什么叫六肃礼？就是请一个安，磕仨头。连着请三回安，磕九个头。哎，就是常说的那个"三拜九叩"。三拜九叩折腾完了，吃……先吃块绿豆糕。哎，然后吃口菜，谢回恩，磕仨头，这顿饭吃不完，就磕晕啦！

　　御宴吃什么呢？第一道菜是看菜。端上来，是用江米面做的一个"山"，上边儿用鸡蛋黄儿摆了四个字儿："万里江山"。然后乾隆把筷子拿起来，把这四个字儿一抹，端下去。这叫"万里江山一扫平"。接着是观菜，不搁眼前桌子上，摆在旁边儿一个条案上，一拉溜十三个双耳海碗，每个碗上都坠一个银牌儿，牌儿上有省名儿。当时全国南七北六十三省，十三个菜代表十三省。十三个海碗上齐了，表示"四海安宁"。如果哪个省出事儿了，丢了一个省，就上十二个碗儿。皇上一看，明白了"赶紧发兵征讨"。要丢三个省，上十碗儿；丢五个省，上八碗儿；丢十省，上三碗儿；全丢了，那……皇上就甭吃啦！

　　吃的菜，一共是三百六十样儿，代表一年三百六十天。这三百六十样儿菜，要占十个字儿，即咸、甜、酥、软、脆、麻、辣、嫩、鲜、香。您看多讲

究！不像我们家吃饭，要解馋——辣和咸，就俩字。

吃，乾隆可不动筷子。有个太监手里拿个小碟儿，把每个菜都往碟儿里拨点儿，当着皇上的面儿吃了。这位叫"尝膳太监"，专门儿"尝膳"的。那年月，皇上总疑心别人害他，怕菜里有毒，弄个尝膳太监一样儿吃一点儿。吃完没事儿，哎，皇上再吃。要不怎么叫"圣（剩）宴"呢！圣宴、圣宴，就是尝膳太监吃剩下的宴！尝膳太监尝完了，乾隆这才动筷子，开始吃。

乾隆今日赐膳，"免去一切君臣之礼，不必拘束"。吃的也简单，满族八大碗。虽然乾隆说不拘礼节，可也不能跟家里吃饭那么随便。比如夹菜，只能"骑马夹"，不能，"抬轿夹"。什么叫"骑马夹"呢？就是用筷子在菜浮头儿略微夹一点儿，意思一下儿就行了。"抬轿夹"呢？是拿筷子抄底儿，菜全归他了，这叫"搅乎"。

咱再说今天，正要上菜，太监报：

蓟州百姓知乾隆爷今天吃百姓饭，特从湖中打捞上一条鱼，什么鱼？天津人叫"胖头鱼"，这条鱼，重量得有二十几斤。新鲜，京城人没见过这么大的鱼。太监说："百姓进献这条鱼，是'年年有余（鱼）'。"

乾隆高兴："献鱼者赏！"

同时说："这么大的鱼，赏给刘中堂与和中堂。"

一条鱼分给两人吃，应该是先将胖头鱼洗净，改刀。就是从鱼背划到鱼尾，将鱼分成两片，然后装两个盘子，端上来，是两条鱼的造型。北京人不吃胖头鱼，因为嫌这种鱼的刺儿多。刘墉明白，抢先说：

"吃这种鱼，人能变聪明，长学问，所以鱼身归和珅，鱼头归我。"

和珅一想："刘墉比我聪明，闹了半天，是因为吃这种鱼吃的，我也甭

客气，吃完了，肯定就会跟刘墉一样聪明，长学问。然后说："刘中堂，这怎么好意思呢？这……"

刘墉说："就这么定了，我吃鱼头。"

刘墉告诉御厨："你们伺候好和中堂，鱼头我自己来做。"

他将胖头鱼鱼头洗净，从下颚分成相连的两片，然后把五花肉切成长片，放入盘中待用，接着将煎好的油盐饼切成大小差不多菱形，将香葱切成葱段，将姜切成末，蒜切成蒜片，放入碗中待用。随后在炒锅中适当地倒入一些花生油，将油烧至六成热的时候把鱼头下到锅里，把鱼肉炸成金黄色，熟透以后夹出来，放入盘中待用。最后，在炒锅内重新加油，将切好的五花肉片放入，再把切好的葱、姜、蒜、蓟州盛产的大酱等加入锅内，炒香，加入酱油、番茄酱，适量的老汤入锅，把炸好的鱼头放入，再适当的加入一些盐等调料，大火烧开改小火，焖上20分钟左右，将切好的油盐饼放在盘的一侧，然后撒上切好的香葱段，这美味的鱼头泡饼就做好了。端上桌，香味扑鼻。乾隆吃他的八大碗儿，和珅吃他的胖头鱼鱼身。

乾隆一看，刘墉吃鱼头吃得这么香，也想品尝品尝，让太监拨出一块，吃一口，咸鲜微辣，嫩而香味浓郁，五花肉油而不腻，油盐饼酥脆，乾隆没吃过，也学刘墉将饼蘸汤后食用，更是松软可口，大呼"过瘾"。

然后乾隆问刘墉："这道菜有什么讲究？"

刘墉答："启禀万岁，此鱼头泡饼，具有补脾健胃、利水消肿、明目、清热解毒的功效，还可以有效地缓解腹胀等病症。另外，鱼头泡饼还具有防治心痛等顽疾之功效。总之，多吃鱼头泡饼可以健康长寿。"

和珅越听越生气："启禀主子，刘墉诡言吃这种鱼的鱼身，能长学问，

奴才信以为真。谁知，刺多，扎嘴、扎腮帮子。"

和珅平常在府上吃鱼，都由厨子将鱼刺儿给他剔净，他不会择刺儿。再有，他心急火燎想吃完了，赶紧去勾栏院。现在扎得他腮帮子和嗓子全是刺儿，说话全不利落了：

"刘墉……戏耍……同僚……万岁……给……奴才作主。"

乾隆一听心说，这得问问：

"刘墉！"

"臣在。"

"为何谎言吃鱼身可以长学问？"

"万岁！为臣没说瞎话，吃这鱼的鱼身，确实能够长学问。"

"什么？确实能长学问？"

"没错"。

"怎么见得呢？"

"您瞧，和中堂刚啃了半条鱼，就知道不如鱼头泡饼好吃，这不是学问见长吗？"

和珅一听："噢！就长这学问哪！"

从这儿以后，鱼头泡饼进入宫廷菜，有人说这属于京帮菜。实际发源蓟州宝坻一带。

咱再说用餐之后，和珅微服私访，急不可耐去寻花问柳，而又不失时机，捞钱受贿，他用的是什么招呢？

二十一. 和珅捞钱之招

　　乾隆让刘墉与和珅微服私访,体恤民情,访贤纳士。和珅却以微服私访为名,访到事先打听清楚的古镇著名妓院,和珅进入妓院,召进金钗十二三。

> 有的敲起八角鼓,
>
> 有的手把木鱼掂。
>
> 有的怀中抱琵琶,
>
> 有的手中弹三弦。
>
> 有的唱段蓟州调,
>
> 落子大鼓响耳边。
>
> 有的在唱《西厢记》,
>
> 有的唱鸿雁捎书把信传。
>
> 一个个:婀娜多姿甚好看,
>
> 舞袖翩翩似天仙。
>
> 有穿绿、有穿兰,
>
> 玫瑰红袄海棠衫。
>
> 红缎小鞋绣百花,
>
> 紧衬三寸小金莲。

俱都是：不胖不瘦鸭蛋脸，

白中透红胭脂团。

柳眉弯，杏核眼，

樱桃小口碎玉含。

露出指头如嫩笋，

满把戒指光灿灿。

胳膊好比白莲藕，

对对金镯配玉环。

一位位：生就腼腆自来笑，

就为掏客人腰中钱。

和珅神魂颠倒，如醉如痴，花天酒地，其乐无穷。

其身边的恶奴和喜，却没有闲着，突见一俊俏青年步入门厅。此人上身着一件天蓝色湖绸长衫，外套黑色缎绣坎肩，鹅绒帽顶上缀一绿色宝石，腰间丝带挂一晶莹剔透价值连城的玉佩，完全一副阔少爷的派头。

和喜诧异良久，问妓院的老鸨子："此为何人？"

老鸨子说："这是李公子，名国泰。本一纨绔子弟，其父文绶督理四川任上故去。因其有父亲总督余威，常从京到我古镇，与我县县太爷李大人交往甚密。"

和喜一看，其挥金如土，几乎所有的名妓都尽力献媚于这位万贯家财的花花公子。

老鸨子一说，和喜也想起来了，他在京城曾闻原川督文绶之子李国泰。此人依万贯家财，挥霍无度，其父亡后，家产遗留丰厚，因李家在朝廷

乾隆
拜蓟州

内并无靠山，国泰不思后顾，一味挥霍，有点心灰意懒。但和喜从未与国泰谋面，心中打起了如意算盘。

和喜走近国泰，礼先三分：

"小弟和喜，拜见仁兄。"

"噢，仁兄来自何方？不必如此客气。"

李国泰不紧不慢地说了一声。

"李少爷大名，我等早已如雷贯耳。恕弟直言，前些年，在京师我曾与我家和珅和大人有幸赴府上拜会你家大人，对少爷早已仰慕久矣。今日相逢，此乃三生有幸。"

一提起家父，再知对方是和中堂管家，李国泰又吃惊又感亲切。说话间谈到该县李大人，国泰对其官职羡慕不已。

和喜一听"有门儿"，便以试探的口吻说："这何足为奇，这样的官天底下多的是，只要我家和大人平常一句话，即刻能办。"

李国泰兴奋异常："如大人能办，将是我再生父母，不才问一句如何操作？"

和喜摸着其脉，开始"钓鱼"，说："为了给和大人举荐找到合适理由，不知仁兄能否做些慈善？"

"50万两可否？"

"事成交付。"

二人商定先把钱送到县太爷李授李大人处，声明是慈善款，不打条不签字，事成后由和喜取款，做慈善。

这受贿捞钱太高明了，出了事儿和珅不知道，和喜也可以不认，没有证据。

二人击掌："君子无戏言。"

"在下可以效劳。"

第二天，和喜便将李国泰领到和珅所住的客栈，和珅以平易近人和慈善长辈的口吻对李国泰说道："文绶乃吾同僚，一同处事多年。对于朝廷有功之臣的后代，我和珅视为己出，有何要求尽管与和喜直说，我应尽责。"

李国泰一听相爷仍念他与家父私谊，大喜过望。正欲开口，和喜说："我家中堂事务缠身，国泰兄所求之事，相爷已放在心上。"

李国泰又一次双膝触地，向和珅叩别。

事情进展太快了，当李国泰引领和喜将50万银票交于县太爷李大人之后。李国泰即被任命为山东巡抚，全面主持一省事务。

李国泰出任山东巡抚后，一方面时常通过和喜贿赂和珅，另一方面，他也有恃无恐，利用职权大肆贪污，不择手段。

此案如何告破，和珅是怎样心狠手辣，故事曲折惊险。这还是从乾隆、刘墉微服私访、逛集、求贤之中发现线索的，饶有乐趣儿。

乾隆
拜蓟州

二十二、乾隆逛大集

乾隆微服私访带着刘墉，出发前刘墉问乾隆："圣上，您今日想去何处？"

乾隆说："咱一不骑马，二不坐轿，三不穿官衣，朕对一处有兴趣。"

"何处？"

"想看看蓟州的赶大集。"

皇上想赶集。

说时迟，那时快，乾隆与刘墉到集上一看，新鲜、兴奋，乾隆没见过，两只眼都不够用了，那真是：

男女老少人如蚁，

三教九流来赶集。

生药店紧挨熟药店，

当铺对门卖估衣。

大铁门前砧子响，

只听得：叮叮当当锤铁皮。

木铺师傅忙放线，

哈……拉锯的是他小徒弟。

给师傅点着烟袋锅，

还不停地揽生意。

小吃摊紧靠如意馆，

桌椅板凳摆得齐。

大饼白馍豆腐脑儿，

卤肉香肠和烧鸡。

米饭配着杂烩汤，

大碗馄饨香扑鼻。

有位大姐卖稀饭，

不住喊着小生意。

此大姐有声誉，

喝稀饭白送咸菜花生米。

卖山药、卖红枣，

特产有核桃和板栗。

有磨盘柿子大红果儿，

大酱香油蓟州梨。

茶摊儿桌上摆套碗，

酒摊儿幌子插小旗。

乾隆前后左右看，

嘿！他对讨价还价有兴趣。

走到一个瓜子儿摊儿，

先把价钱问仔细。

人家说"仨大子儿买二两，五个大子儿买六两"，

"我要多买是否能便宜？"

"您出价，没问题。"

"仨大子儿二两……五个大子儿……这么办……我十个大子儿买一斤，不卖我就上旁边去买去。

小贩儿一听他不识数，

这划价还有往高了划的，

一跺脚："您掏钱，咱不犹豫。"

乾隆买了四五样，

高兴地问刘墉："怎么样？明咱俩练摊儿？"

皇上要练摊儿。

"你刘墉喊，我算账，这赚的钱……"

"您说怎么分……"

"哈哈……赚钱给你买玩具……哈哈……"

"拿我当孩子啦！圣上，您划价买的这五样东西，应该银子二两一，您给了人家三两七。"

"啊？我不成傻子了吧！值！"

"还值？"

"崆峒山广成子布道：'官民一体'，我官民一体享乐趣。"

乾隆逛得正高兴，忽然西北狂风起。"咔啦"一声响惊雷，闪电之后下暴雨。

乾隆一看刘墉头上的雨水，顺着脸、脖子和小辫儿往下流，又一个劲儿地用手抹脸上的雨水，一副狼狈相儿。心里想：在这屋檐下避雨挺闷得慌，还不如出题，难为一下刘墉开开心。平时，乾隆经常以偏题、怪题、难题让刘墉对对联儿，以此开心解闷儿。于是说："刘墉！"

"臣在！"

"朕有一上联，你对一下联如何？"

刘墉心想：我都淋成这样了，还让我对下联儿，看起来下雨还没冲淡乾隆愉悦的心情。赶紧说："遵旨！"

乾隆略加思索："咱们就以雷雨为题吧！"

乾隆说上联：

急风暴雨下长空，老天发下百万兵；

刘墉擦着满脸的雨水，还没答话呢。从远处跑过来一个避雨的年轻人，听见了这个上联，颇有兴趣，乾隆和刘墉的对话他没听见，不知道这位老先生是谁，于是说："学生不才，想试对下联。"

乾隆一听说："好啊！我的上联是'急风暴雨下长空，老天发下百万兵'。"

年轻人随口说道："老先生您听，我这下联儿是——"

祥风彩云上九重，世间自古一真龙。

"妙！妙！实在是妙！太妙啦！"乾隆一听，年轻人把对联儿对上来啦，还有"世间自古一真龙"。

我是真龙天子，龙就是我，我就是龙，这不是恭维我吗？心中非常高兴，这一高兴不要紧，还真有点儿来劲儿啦！想出一道他认为非常偏的上联儿来，就对这年轻人说："年轻人，你的文采不错啊！现在我再出一上联，你给对一下联儿如何呀？"

乾隆
拜蓟州

"老先生，学生不才，请您赐教。"

年轻人懂礼貌，举止大方，乾隆心悦。"好！学生你听了，我的上联是——"

　　　　风过运粮渡；

这年轻人一听，心想：这运粮渡是什么地方呀？我还真没听说过，这位老先生是想要难住我呀！细一琢磨！噢！运粮渡不就是运粮食的吗？不也叫运粮河吗？这年轻人想到这儿，下联儿马上也就想出来啦，说："老先生！我的下联是——"

雨洒泃河桥。

泃河是蓟州一条主要河流。

这学生很客气地一抱拳，说："您看学生对的下联是否得当？请您指教。"

乾隆一看没难住人家，只得笑笑，说："好！好！对得既工整又贴题，文字也精妙，太好啦！"

又说："那咱们再以蓟州为题，对一副对联儿如何？"

"请问老先生这上联是？"

"学生你请听：'南蓟州，北蓟州，南北蓟州贯南北。'"

这"南蓟州北蓟州"是怎么回事儿？蓟州自春秋以来即设县置州，根据《蓟州志》记载，元朝时，州治和县治都在这蓟州，另外周边的玉田、丰润、遵化、平谷四县也归蓟州管辖。所以说：南蓟州，北蓟州，南北蓟州贯南北。

乾隆
拜蓟州

"老先生！我对的这下联儿是：'上运河，下运河，上下运河联上下。'"

这时天空风雨交加，电闪雷鸣，乾隆用手一指天空："听着，'玉帝兴兵，雷鼓云旗，雨箭风刀天做客'。你对吧！"

刘墉心想：这乾隆不服输的毛病又犯啦！你是当朝皇上，跟一个青年较什么劲儿啊！这上联儿出得也太难啦！借着急风暴雨，雷电交加的情景，将雷、电、云、雨、闪全用上啦，下联没词啦！

刘墉正替年轻人揪心，没想到，年轻人略一思索，说：

"我对'龙王夜宴，月烛星灯，山肴海酒地为盆'。"

乾隆说："好！"

这时，暴雨已过，雨过天晴，已是蓝天白云。

乾隆感叹这个青年学识渊博，心想此乃大清栋梁之材。正在思索之际，一转脸，发现此青年不见踪影。乾隆求贤若渴，命刘墉：

"朕命你，一天之内找到他，否则提乌纱帽来见。"

乾隆太喜欢那个青年了。

刘墉回奏："遵旨。"

怎么找？刘墉聪明。他凭记忆，迅速勾勒该青年的人像特征及所穿服饰，心想一天之内不会更换穿戴。他派出人马，在方圆十里之内，搜索寻找此青年。

没用半天时间，此青年被找到了。查明情况，刘墉向皇上启奏，说："其祖上乃金代书法巨擘——鲜于枢。"

"啊！"

这又让乾隆吃了一惊：

"鲜于枢每幅书法作品，落款都写'渔阳鲜于枢'，朕曾派几任州县官

127
127

吏寻找鲜于枢，可惜无果，而今日得见鲜于枢之后，又如此富有才华，是我乾隆之幸事也。"

　　鲜于枢是谁？乾隆的书法就有许多鲜于枢的笔意，乾隆对鲜于枢崇拜得五体投地，而坊间对鲜于枢的宣传太少了，乾隆即传众臣讲鲜于枢。他是怎么讲的呢？别看他买东西划价不行，这课讲得颇具高深学识。

 二十三、乾隆讲书法之师

乾隆感叹："今日书坛，内外只知赵孟頫，冷落了鲜于枢。殊不知，当初赵孟頫得益于鲜于枢之点播，才成大才。当年，赵孟頫尚沉迷于李邕书法时，是鲜于枢一语惊醒梦中人：从右军入手。自此，赵孟頫书法大进，气韵格调游刃于晋人之间，为他成为元代的书坛巨擘奠定了基础。可以说鲜于枢跟赵孟頫一起开启了元代复兴古法的潮流。书坛有'北赵南鲜'之誉，因赵孟頫后来到大都发展，称北方有赵孟頫，鲜于枢任职南方，便称南有鲜于枢。"

鲜于枢是蓟州骄傲，更是中华书法发展史的骄傲。

鲜于枢生于金代末年，字伯几，号困学山民、寄直老人、直案老人，祖籍渔阳，元至元十四年（1277），三十二岁的鲜于枢调任扬州江南行御史台。

今天，我要在这儿费些笔墨，阐述乾隆对鲜于枢的书法评价。这对于现在书坛只知临帖临赵孟頫之人，无疑在书法攀登之路上，让其顿开茅塞。乾隆对鲜于枢的小楷、大楷、行书、草书均有精湛详尽的评述，不知何故，书坛鲜有面世。

乾隆对众臣说："朕书法临帖，仰慕鲜于枢。也可以说帖不离手。"

众臣跪奏："愿听圣上教诲。"

乾隆道："鲜于枢的小楷书法作品，以《跋颜真卿祭侄文稿》和《老子

道德经》艺术成就最高。《跋颜真卿祭侄文稿》是为名迹作跋，书写态度恭敬，结字严谨不苟，点画有法，笔致精到。《老子道德经卷》全篇两千余字，是一幅不失晋风唐韵的佳作，楷法精致，沉稳多姿，露锋落笔，含蓄收笔，时楷时行。虽有乌丝界栏约束，但笔意却婉转流畅，顾盼娴熟，给人以漫步春林、满目清秀之感。

鲜于枢的大楷书法作品，以《赵秉文御史箴卷》和《麻征君透光古镜歌》艺术成就最高。《赵秉文御史箴卷》是中锋运笔，顿挫遒劲，结体安稳，风骨外露。不仅有颜真卿《离堆记》的雄健清劲，也有南朝《瘗鹤铭》的笔势飞逸。赵孟𫖯在卷后题跋道："伯几书，笔笔有古法，足为至宝。"

乾隆喝了口水润润嗓子，继续说："鲜于枢的行书作品，笔法娴熟，洒脱自如，以《张彦享行状稿卷》《王安石杂诗卷》《苏轼海棠诗卷》《赠继荣古诗卷》《杜工部行次昭陵诗卷》《杜甫茅屋为秋风所破歌卷》艺术成就最高。《张彦享行状稿卷》具有"心手两忘，独见真妙"的书法魅力。笔法取意二王，结构颀长浑成，笔画修矩合度，运笔清轻婉转，有如行云流水，给观赏者以一种天然雕成、出神入化的美感，可称为鲜于枢中年行书的代表作。《赠继荣古诗卷》《行书诗赞卷》，堪称鲜于枢行草书的代表作。本卷通篇以行书为主，布局疏密讲究，飞白运用巧妙，笔势纵肆而又坚实，气势雄浑而又不失规矩。《杜工部行次昭陵诗卷》笔圆墨润，筋丰骨健，结构疏朗，气势雄浑，表现出书者面带河朔伟气的品质。《杜甫茅屋为秋风所破歌卷》，全篇气势磅礴，笔势秀劲，风格遒逸，显示出极强的悬腕功力。

鲜于枢草书最具代表性的作品是《论草书帖》和《杜甫魏将军歌卷》。《论草书帖》线条流走如飞，游丝牵绕连绵。运笔提按舒展自如，草

书的节奏韵律之美得到充分的展现。《杜甫魏将军歌卷》显示出鲜于枢驾驭草法的娴熟技巧,他以浓重刚健的笔墨开篇,笔势飞舞,大气磅礴,纵情挥洒,酣畅淋漓,确有笔走龙蛇之态。他这种曲折婉转、停顿有度、起伏跌宕、刚柔得体的巨幅草书之作,是建立在功底深厚与法度严谨的基础之上的。"

　　乾隆说到此,又想起来了,急着问刘墉:"鲜于枢之后现在何处?速领朕前往。"

二十四、才子巧告官

刘墉答："圣上随臣前往。"

乾隆微服随刘墉来到县城，这不是大集，但处处繁华，正应了一句俗话：无商不热闹。小商小贩，各具特色：有叫买的，叫卖的，算卦的，相面的，打把式的，射箭的，耍大天刀的，打飞镖弹的，卖绸的，卖缎的，卖针的，卖钱的，卖布头儿的，卖鞋面儿的，卖切糕的，卖削面的，卖香油的，卖鸡蛋的，卖猪羊的，卖葱蒜的，卖米的，卖面的，卖白菜的，卖松花蛋的，卖茄子的，卖山药蛋的，您说多全！

刘墉用手一指："圣上您往那里看！"在刘墉指的方向，有一座豪华酒楼，门前车水马龙，酒楼内笙箫笛管，美女吟歌，吆五喝六，猜拳行令，好不热闹。门前有一卖枣小贩，穿着朴素。乾隆一眼便认出，那小贩正是和他对对子的青年，乾隆首先向前一步，尊敬地说：

"你为什么不辞而别？能否借一步说话？"

青年一愣，刘墉赶紧上前说："这乃当今万岁，圣上乾隆，我是刘墉。"

"啊？！"

青年大吃一惊，即要叩头下跪，被乾隆拦住：

"此处不便，免掉一切礼节。"然后说：

"那日对对儿，相见恨晚，可否随朕去京城，为大清江山贡献才华？"

青年犹豫片刻，说：

乾隆
拜蓟州

"小民未识庐山真面目，斗胆对对儿，请圣上赎罪。小民已闻吾皇万岁，微服私访，皇恩浩荡，乃我百姓福分。"

刘墉说："圣上访贤纳士，有何思考？"

青年沉默。

乾隆刘墉，大惑不解。

只见青年，环顾四周："我生活在百姓之中，能否写一首拙诗，呈皇上龙目御览？"

乾隆点头："朕盼一阅。"

"如有不妥，请万岁恕罪。"

"恕你无罪！"

这时青年心情激动"唰！唰！唰！"挥诗一首，递予刘墉，刘墉看后，心中一惊，不敢怠慢，即面呈乾隆。只见此诗写道：

> 身在穴中把弓拉，
> 全中王子不在家。
> 汉淮两河皆无水，
> 桥木烧夭进不佳。

乾隆是有学问之君，一看就知诗中隐的是四个字——"穷人难过（窮人難過）"。

再看青年所注视的方向，是针对酒楼宴席有感而发。

乾隆是怎么看出诗中的隐语？

"身在穴中把弓拉"，繁体字的"穷（窮）"，穴宝盖下面有"身"、有"弓"；

乾隆
拜蓟州

"全中王子不在家"，全字"王子不在家"是"人"；

"汉淮两河皆无水"，繁体字的"汉（漢）""淮"皆无水，偏旁都没有三点水，是繁体的"难（難）"字；

"桥木烧夭进不佳"，"桥（橋）"字烧夭，"进（進）"不佳，是繁体"过（過）"。加在一起是"穷人难过（窮人難過）"。

这青年为民请命，乾隆心想：好样的！不是歌颂"民富国强、皇恩浩荡、百姓感恩涕流"。他说的是实话，反映的是真实民情。这大清盛世是事实，但不足不可能没有，听取百姓的诉求，正是朕私访之目的。

乾隆说："我私访听的是实话，敢于反映真实民情，才是真心爱我江山者。他们是想让大清江山更好，而且这些人大都有学识，善于独立思考，是有见解的人才，不愿意唯唯诺诺、随声附和。我们大清需要的是人才，不是奴才。"

继而，乾隆又对刘墉说："他写的这首诗，使我想起郑板桥的'衙斋卧听萧萧竹，疑是民间疾苦声'。"

这句话是什么意思呢？就是在自己的卧室听见外边的竹子被风刮得声响，都以为是民间的疾苦声。

您可别因为乾隆重用和珅，就否定他整体用人的方略。而且和珅刚开始也是清廉的，在反腐上也是有功的。至于后来，据传乾隆发现和珅贪腐之后，即暗示给自己的儿子，也就是继任者嘉庆。他是如何暗示嘉庆杀和珅的？咱后面给您讲。

为了还历史真相，现举乾隆重用郑板桥事例：郑板桥是康熙秀才，雍正十年（1732）举人，这两朝都没给郑板桥一官半职。也就是说，他爷爷、他父亲没有任用郑板桥，是乾隆首先发现了这个人才，赐郑板桥进士

出身。乾隆七年（1742）春天，赐郑板桥为范县令兼署小县朝城，又发现郑板桥做官意在"得志则泽加于民"，心中想的是老百姓的疾苦，理政时体恤平民和小商贩，改革弊政，并从法令上、措施上维护他们的利益。又升任郑板桥管潍县。郑板桥为官力求简肃，视衙役喝道之类的礼仪为桎梏。为察看民情、访问疾苦，他常不坐轿子，不许鸣锣开道，不许打"回避""肃静"的牌子，身着便服，脚穿草鞋到乡下察访。即便他夜间去查巡，也仅差一人提着写有"板桥"二字的灯笼引路，让民众知道他是郑板桥，可以找他叙谈，反映民情民怨。因为他常常微服"陇上闲眠看耦耕"，以致"几回大府来相问"，衙门里几乎找不到他的人影。

郑板桥的政绩又如何呢？他到潍县履职之前，灾民遍地，四处逃荒。不到两年的时间，逃亡关外的灾民纷纷返回潍县，潍县附近地区百姓都可以到潍县就近打工。史料记载，他宰潍期间勤政、廉政，无留积，亦无冤民，深得百姓拥戴。乾隆十八年（1753），郑板桥六十一岁，以年老请辞。

现在有人说是他看社会昏暗，皇帝昏庸无道，所以才辞官为民，这是不尊重历史。因为过去有不少误导人的观点：历史上的任何皇帝都是昏君。

郑板桥请辞，是认为自己年老体弱，再也不能下乡体察民情，不能对不起国家给的俸禄，也不能阻碍更好的人才履职。有何为证呢？

他回扬州以卖画为生，在画的一处镌一印章云"乾隆柬封书画史"。另一印章是"歌咏扬州"。第一枚印章是不忘乾隆恩典；第二枚印章是歌咏他喜见扬州歌舞升平，百姓安居乐业。

郑板桥为官时廉政的状况是什么样呢？相传，郑板桥从山东范县任县令，开始长达十二年的官宦生涯，他离开潍县回扬州时，只有三头毛驴拉一车书，两袖清风而去。这大致可反映郑板桥之廉。

　　为官者为百姓造福，百姓绝对不会忘记他们。郑板桥离潍之时，百姓遮道挽留，家家画像以祀，并自发于潍城海岛寺为他建立了生祠。他辞官后以卖画为生，画价屡屡飙升，无人可及。我认为：人们看中的也是他的人品，像林则徐、左宗棠等民族英雄，到现在也和郑板桥一样，画价只升不落，那和珅、秦桧儿书画再好、再便宜，谁也不买，也没人往家里挂。

　　书归正传，乾隆想这个青年人题诗暗喻"穷人难过"有郑板桥"衙斋卧听萧萧竹，疑是民间疾苦声"之境界。这是郑板桥之二啊？！

　　但他又想：百姓为何日子难过？难过到什么程度？经了解，乾隆知道了蓟州闹灾。他恨自己知情太晚，愧对臣民，于是赈灾放粮。这可不是我"说相声的"编故事。据史料记载，乾隆五十六年三月，乾隆得知蓟州灾情，特命展赈半月。下令将直隶未完地丁钱粮一百四十二万余两亦概加蠲免。乾隆每次谒陵路过蓟州，为免对百姓打扰而减少收入，皆蠲免巡幸沿途经过州县及天津府当年应纳地丁钱粮千分之三。

　　再看酒楼官府官员不顾百姓疾苦，花天酒地。乾隆龙颜大怒，问刘墉："酒楼喝酒的两个官员是何人？"

　　刘墉奏："酒楼内两位官员，一个是山东巡抚李国泰，一个是该县县令李授。因臣的家乡为山东，家乡父老对李国泰欺压百姓、贪污受贿，时有耳闻。为臣也正在搜集证据，县太爷李授是李国泰父亲在世时宠信之人，二人相互勾结，为虎作伥……"

　　乾隆不等刘墉说完，谕令："和珅、刘墉为钦差大臣前往山东办案。"

　　敢于向乾隆反映民情的青年，谢圣上恩信，言："家有患病老母奉养，不宜远离。"

　　乾隆尊奉"以孝敬天下"，即赏银二十万，赐谷五百担，嘱其"老母百

年，进宫为官"。

　　此次李国泰到蓟州，是县太爷李授密报：和大人在此，谋划向和珅进一步行贿。因为在这儿见和珅，比在京进出和府方便。结果没想到让乾隆碰见其花天酒地，并御令调查。这也让和珅吃惊不小，因为李国泰是从他这买官，被举荐为山东巡抚。便急命和喜向李国泰通风报信，和喜打听到御史钱沣向刘墉举报李国泰主管的历城县金库亏空甚多。存在重大贪污疑点，刘墉还未及向朝廷奏报。和喜将乾隆颁旨调查的事告知李国泰后，李国泰吓得魂不守体，自知性命难保。

　　怎么办？

　　李国泰期望靠和相爷庇护，躲过此难。怎么躲？

　　查办任何案件都存在风险，何况李国泰有和珅做后台，和珅又是查办此案的第一负责人，这会是什么结果呢？

 二十五、刘墉破案惹祸

和珅诡计多端，立即周密布置，指使知县向济南府金库要去银两四万多，以挪动掩饰。但一查，发现历城县金库亏空甚多，除济南府金库的四万两外，尚有大量亏空无法弥补。

和珅通过和喜又出一计：向山东的富商勒借，有的富商迫于官府压力，不得不把银两出借给历城县衙。因时间紧迫，为凑足库银数量，和喜又将存在蓟州县太爷李授处的五十万受贿款也拿去暂行填补。

前文书说道：李国泰向和珅行贿的此款，是以"慈善"为名，存在李授处。取款全权由和喜负责，没有任何文字收据，这也是和珅为了保护自己的受贿之招。

金库亏空之银，在查账之前全部补齐，钦差果然向刘墉、和珅奏报："经认真查账，比对金库库存，银两与账目相符，未出现丝毫亏空。"

查不出金库亏银，和珅高兴，说："刘大人，举报与事实不符，我看咱可以奏明圣上，了结此案啦！"

和珅认为万事大吉，李国泰认为"老天成全我"。并对和喜发誓："以后愿为和大人肝脑涂地，孝犬马之劳。"

刘墉祖籍山东，对家乡政情十分清楚，他早听说李国泰在山东贪赃枉法，无恶不作。钱御史又一向办事认真，总不至于诬言举报。可是今查历县库银，银数相符，他也不由得一惊。

　　第二天，刘墉带众人亲自去历县金库查看，和珅紧跟其后。果然库银与账目相符，和珅皮笑肉不笑地对御史钱沣说："真是人言可畏，我们同为在朝之官，应以慈善对待同仁。"

　　刘墉此时大喝一声："不对！"

　　把大家吓了一跳。

　　和珅说："哪……哪……哪里不对？"

　　刘墉说："历城县库存银两，从银色上分，与官银显然不一。"

　　"啊？"

　　"以此判断，库存此银重量，肯定也不足原库银的重量，库银以五十两为一锭。"

　　"有……区别吗？"

　　"和中堂请看这一锭银子。"

　　说着从库中取出一锭白银，送到和珅面前。

　　"这有什么好看的，不就是银子吗？"

　　和珅定睛细看，这锭银子果然不似官银鲜亮光泽，一眼便看出这是市银。

　　"此类市银在金库数量甚多，估计在全部库存中占十之七八。"

　　"刘中堂，你可看清楚了？或许库存经年，银色有变吧。"和珅仍想以此搪塞过去。

　　"来人！"

　　只听刘墉在一旁大声喊叫起来。

　　"拿量器来。"

　　"是。"

差役急忙跑下。不大一会儿，将一杆崭新的量器交给刘墉。

只见刘墉把那锭银子放在秤盘里，秤杆四平八稳，然后拿到和珅跟前："和中堂，请看银子重量。"

和珅一看，果然，此银仅四十三两！要命的是，和珅仍想敷衍："诸位，银两不足，此乃常情，前些年不也常有此事吗？不足为怪。历城县既然银数相符，吾等即算完成皇命，不可节外生枝。"

怎么办？市银是谁放进金库？证据在哪儿？

刘墉不是凡人，又大喊："拿笔墨来！"

"是！拿笔墨。"

差役将笔墨纸张在桌上铺开停当，只见刘墉两袖一甩，饱蘸笔墨，奋笔疾书：

　　历城诸商启知：

　　历城库存银两愈万，保存经年，现拟解运京城，以备大用，若系借用者，望速来领回，逾期未取银两，无论多寡，一律充公。事关国是，望相告知。

　　　　　　　　　　　　　　　　　　左都御史刘墉

告示写罢，刘墉又命差役立即封禁历城县金库，准备次日开仓验证。

第二天清晨，历城一片喧嚣，富商们从四面八方涌集历城县金库，纷纷领取县衙所借银两，一时"库为之空"。

至此，历城县金库亏空已成事实，新任山东巡抚明兴奉旨查明山东全省共亏银约二百万两，并奏明这些亏空全都是李国泰在巡抚任上所为。

乾隆皇帝盛怒之下，关押李国泰。

和珅是九门提督、兵部尚书，又是查办李国泰案的负责人之一，可自由出入关押李国泰之地。次日即派人假传圣旨："圣上口谕赐李国泰自裁。"

当场验尸，然后由和珅向乾隆禀奏："国泰愧对皇上圣恩，以死谢罪，自裁于狱中。"

乾隆余怒未消，颁旨：蓟州县令德不配位，免职回乡。

和珅的心狠手辣，助他轻易逃避受贿之嫌。

和珅虽躲过此难，更加对刘墉耿耿于怀：

"罗锅儿啊，罗锅儿，我设套让你参皇上，结果免职又官复原职；和你以文较量又败下阵来；此次你又差点儿置我于死地……我这回让你……不死也脱层皮。"

转天，和珅面君，向乾隆参刘墉：

"刘墉私拿历县金库之银，送于寡妇楼；今日又采购烧鸡、炸鸡、熏鸡，拟送礼。望我吾皇万岁，立即调查，严惩不贷。"

乾隆心想：

"寡妇楼，那肯定是寡妇聚居地啊！你刘墉也有花心呀？！男人都好色，但在百姓之中不可对我大清官吏造成不良影响，毁我朝廷声誉。此案不能隔夜，立即传刘墉：

"刘墉！"

"臣在！"

"你是否去过寡妇楼？"

"圣上英明，臣确实去过。"

"好？传令文武百官！"

乾隆
拜蓟州

文武百官立即聚齐。

乾隆令：

"刘墉带路，朕随你一起去寡妇楼，现场办案。"

刘墉面对是什么样的结局呢？

 二十六、挥泪赛妇楼与凤凰山

乾隆随刘墉来到黄崖关长城脚下的太平塞，刘墉奏：

"此处既是寡妇楼所在地。"

"是否有寡妇？"

"十二位！"

"还不少！刘中堂给她们送过银两？"

"臣如实禀报：送过五十万两！"

"这么多？你一个中堂一生积蓄也到不了五十万两，何来这等收入？为什么送到这里来？"

和珅听到这儿，这个乐呀，心想："我这回让你丢官，丢银，又丢人。"

刘墉禀报："请圣上听臣如实道来"。

"讲！"

"这十二位女子来自河南。"

"干什么来了？"

"她们是来看望在此当兵修筑长城的丈夫。"

"修……你等等，来看望在此当兵修筑长城的丈夫？这是什么时间的事儿？"

"此事发生在明代隆庆年间。"

"朕糊涂了。"

乾隆
拜蓟州

"圣上听臣回禀。"

"愿听其详。"

"那是一个初冬的傍晚……她们已好几年没有丈夫的音信了，心中的思念惦记之情可想而知。当她们满怀深情，千里迢迢，历尽千难万险，终于到达丈夫军营的时候，残酷的现实却给了她们当头一棒。春夏之交，这里爆发了一场瘟疫，将士们十之六七被夺去生命。她们的丈夫在三个月前已患传染病去世了。闻听此信，她们悲痛欲绝，失声痛哭。"

这个故事把乾隆抓住了，刘墉接着讲：

"她们的哭声惊动了附近好心的孟大娘，孟大娘赶忙出来劝慰，并将她们领到自己家中过夜。伤心、绝望，让她们彻夜难眠。她们坐在一起研究怎么办。一个女子哭着说：'咱们回家吧。'年龄最大的大姐说：'咱们也像孟姜女那样去长城上哭，把长城哭倒。'其中有个二十岁的年轻女子叫黄紫云，出身书香门第，知书达理。当初新婚不到半年的丈夫来当兵，还是她全力支持的。而夫家也殷实富足，良田百顷。不到远方来当兵，他们依然能过着丰衣足食、幸福美好的田园生活。但她和丈夫都坚信好男儿志在四方，为国家建功立业是很高尚的事情。她抹了把泪，大声说：'姐姐，话可不能这样说，孟姜女是哪朝哪代什么背景下的事？我们和她可不一样。她的丈夫是被抓来的苦役，我们的丈夫是自愿来保家卫国。她的丈夫是被打死的，且筑在了长城底下，我们的丈夫得的是传染病，疟疾！这种病就是在家也没得治。孟姜女不知道修筑长城是为了抵御外敌侵略，保卫祖国安宁，而我们知道。我想，古有木兰替父从军，今天我们要替夫从军。明天我们就去长城工地，继续丈夫没有完成的任务如何？'众姐妹听了，觉得黄紫云说得在理，纷纷表示同意。但一打听，长城上不要女兵。第二天，她们买来粗

布，一起赶做男装。第三天她们女扮男装就出现在了长城的建筑工地上。十几天后，戚继光到黄崖关长城察看五十二座敌楼的建筑情况。远远地，他就被太平寨敌楼工地的呐喊声吸引。走近了他注意到：这十几个士兵身材都比较矮小，但干活却生龙活虎，一刻不停。遇到大石头，几个人抬的时候，就大喊一声，以使出全身的力气。他还看到一个英俊的士兵用绣花丝绸手绢擦汗。他很好奇地走过来，和她们攀谈。当女子们知道这就是蓟镇总兵戚继光的时候，如同见到了久别的亲人，'哇'的一声哭了起来。"

"好感动啊！朕也要落泪了。"

"戚继光听完十二个寡妇流着泪说出的实情，既感动又心疼。他满含热泪地说：'你们是女中豪杰，是了不起的英雄。但是这里太累太苦了，不是你们女子待的地方。你们回家吧！家里还有老小在等着你们。'随后，他叫随从取来优厚的抚恤金送给她们。黄紫云和姐妹们商定后决定不要一分钱，全部捐献给长城建设。她说：'敌楼不建完我们决不回去。古有花木兰替父从军，今天我们就替夫从军。丈夫未完成的事业我们一定要完成好！这才对得起国家，对得起父老乡亲，才有脸回去。我们知道戚总兵已在此坚守十好几年了，我们才七十几天算得了什么。'"

"戚继光看她们报国心切，就答应了她们。并吩咐部下派最好的精兵来协助她们劳动。由于此楼是失去丈夫的十二名女子所建，在众多敌楼中有着特殊的地位。为了纪念这些女中豪杰，人们称它为'寡妇楼'。"

乾隆率文武百官参观寡妇楼，并为此建筑称奇。

寡妇楼为砖石结构，高13米，内分两层。下层楼的外墙与城墙相连，有四个大砖柱，将楼隔成四个拱顶大厅。四面开有箭窗，供临窗防守射击。西北角筑有砖梯，顺砖梯可登临上层，上层四周筑雉堞垛口，中部建长方形

小屋,屋门朝北开,左右各有一窗。室内可容纳十余人,供士卒瞭望休息。

十二名寡妇先后故去,现有清兵把守。

突然乾隆想到:"你那五十万两银子,是怎么回事儿?"

刘墉奏:"在查处李国泰贪污历县库银时,李国泰为隐藏金库亏空,让商人垫资补亏,臣发告示,令商人将所借银两领回,唯有五十万两银子无人认领。经调查,乃蓟州县令李授所存,询问李授,他说是李国泰为做慈善存他处,李国泰自裁狱中,他也不敢认领。臣想:既然是做慈善无人认领,而我大清官兵坚守寡妇楼,生活艰辛,不如赠送他们也是慈善。李授虽免职回乡,但他曾和我讲:'此五十万和中堂管家和喜知情。'"

乾隆命传和喜,这又把和珅吓了一跳,当和喜到场后,他俩眼一瞪:"胆大的奴才!你在外做了什么我不知之事,今天你如实讲来,否则打断你的狗腿。"

那和喜已经吓得瘫软在地,说话时舌头全都拌蒜了:"我……我……对不住和中堂……中堂不知此事……我怎么也忘记了……"

和珅赶紧说:"刘中堂此事处理得当,既是慈善,又用之得当,激励了我大清士兵的士气,应予褒奖。"

乾隆心里也明白几分,但不愿过多追究,立即说:"准!"

倒霉的和珅心里说:"我自己种的苦果,自己吃下去,还得喊好!又倒霉了五十万,我真是欠了你刘墉八辈子债了……"

乾隆又问刘墉:"买了如此多的烧鸡、炸鸡、熏鸡干什么用?"

刘墉挥泪说:"臣企盼万岁,随我前往。"

这刘墉胆子也够大,竟然让乾隆随他前往。这是怎么回事儿呢?

二十七．寻长城之魂

在渔阳城东，有一座山名为凤凰山，刘墉到达此山山下，摆下烧鸡、炸鸡、熏鸡等作为祭祀供品，跪地就拜。

乾隆与文武百官丈二和尚——摸不着头脑，这一无塑像，二无灵牌，祭拜谁啊？

七王爷与八王爷嘀咕："这罗锅儿名堂太多，这回是什么故事？"

八王爷说："智者千虑必有一失，这个刘墉领着皇上到这里祭拜？还有文武百官。那皇上是随便给别人祭拜的吗？"

和珅添油加醋："这是目无圣上，犯欺君之罪。"

乾隆也纳闷儿："刘墉，你把朕引到这里干什么？祭拜谁？"

这时刘墉痛哭流涕。

"你说祭拜谁？"

刘墉看了看众臣："诸位，此山原名七里峰，诸位知道为什么改名为凤凰山吗？"

"我们问你烧鸡的事？"

"启奏圣上，臣在此祭拜的是戚继光。"

"嗯，朕知道他是明朝著名战将，你祭拜他的意义何在？"

刘墉奏："首先，他能大义灭亲。明隆庆元年（1567），少数民族从北方不断突入长城抢掠，京城也受到威胁。当时的朝廷调戚继光来蓟州镇

当总兵，负责东起山海关、西至居庸关内外的防卫工作。在一次抵御外敌入侵时，他发现敌人用声东击西之计，便以计破计，命自己的儿子戚官宝率二百轻骑与敌交战，只准输不许赢，以诱敌深入。这戚官宝领了将令，却不理解父亲的神机妙算，率二百骑兵不紧不慢地向南进发，动作迟缓。没想到心急如焚的戚继光骑着黄骠马疾驰而来，见此，勃然大怒，手举钢刀一跃至前，大吼：孺子为将，畏缩不前，该当何罪？戚官宝刚喊了声'爹'，只见戚继光手起刀落，把官宝斩于马下。众官兵个个悚然。戚继光说：'大敌当前，瞻前顾后，岂不泄露军机？'众将见戚继光斩子正法，一齐高呼'不杀倭寇，誓不为人。'此役大获全胜。"

乾隆说："我问你以烧鸡为供品，有何典故？"

众臣也随声附和："对呀！用于祭拜应该有用于祭拜的贡品，不能买各式各样的熟鸡啊？再有，你也不能祭拜被杀的戚继光之子戚官宝吧！"

和珅跟着添油加醋："我还不知道，这个罗锅转轴快，他买这么多熟鸡，背后有隐私，被我揭发，然后就改成这个不挨着的理由。"

刘墉说："圣上，众臣，请继续往下听。戚继光爱民如子，一日，戚继光坐在灯下读书。听见有鸡的惨叫，疾步跑到屋外，见自己的亲娘舅正要宰杀一只大公鸡。他舅舅从小就疼爱外甥，并随其征战为其做饭。见到戚继光后，说：'外甥，你太辛苦了，吃了好领兵打仗。'戚继光睁大布满红丝的眼睛，问：'哪儿来的鸡？'他舅舅说：'吃吧！别多问了……'戚继光把眼一瞪：'你实话实说。''我去大便，在路边捡的。'其舅答。'你这是剜你外甥的心啊！让我戚家军失信于民……'说着戚继光一把将大红金冠鸡夺过来，放回山中，吩咐：'绑！'

第二天，东方放亮，蓟州百姓来慰劳戚家军，得知此事后，一齐跪下

替其舅求情。

一位老者泪流满面：'这只鸡是我请他带来的……'其舅说：'不！为严肃军纪，我甘愿受罚！'

这时戚继光怒气方消，重责其舅三十军棍。并颁军令：今后凡动百姓一粒粮草，严惩不贷。

戚家军深获蓟州百姓拥戴。百姓们说戚继光放生的这只鸡变成一只凤凰。每当深夜，能听凤鸣。这座山原名七里峰，百姓为其改名为凤凰山。一位镇守边关，战无不胜的民族大英雄，风餐露宿，竟然没有吃到一只鸡。"

刘墉说到此，抹泪痛哭。众文武百官闻听也唏嘘不已。

乾隆也非常感动。说："大清盛世创伟业，更赖将士护国威。"

众臣跪倒，齐呼："圣上英明！"

乾隆借古喻今，阐述大清虽处盛世，仍需大清将士护我国威。然后说："朕要去趟黄崖关。"

和珅赶紧献媚："黄崖关有我大清将士把守，我提前通知圣上检阅。"

"不！朕既是微服私访，不必通知，才能知真实情况。"乾隆说。

这一路和珅开始显示自己多知多懂，和珅奏："奴才知黄崖关之名由来。"

和珅似乎在摆弄学问，心想你们文武百官知道吗？我给你们讲讲："黄崖关为什么叫黄崖关？黄崖关地势险峻，军事地位十分重要。发源于燕山山脉的沟河，古称'广汉川'。沟河两岸的燕山山脉层峦叠嶂，悬崖峭壁，陡然屹立，逶迤于群山之巅的万里长城，在这里被山谷截断，沟河河面顿时宽阔了一百多米。这里成为沟通燕山南北的天然关口要道。因为

拜蓟州

夕阳西照，山崖呈现出金黄色，因而得名'黄崖关'。"

和珅见乾隆皇帝和众臣都在认真听，非常得意接着讲："万里长城从山海关到嘉峪关，哪里最雄伟？哪里最险峻？哪里最有特色？哪里是前无古人，后无来者？奴才作一汇报……"

这时，乾隆率文武百官已来到黄崖关前，但只见：

"轰轰轰"放罢炮三声，

黄崖关站满了天朝兵。

前边跑的是马队，

后边紧跟的是步兵。

金盔金甲金光照，

银盔银甲耀眼明。

铜盔铜甲光闪闪，

铁盔铁甲黑洞洞。

一队都是盾牌手，

二队手持宝雕弓。

三队马叉当啷啷响，

四队铜锏威风。

五队飞抓如鹰爪，

六队长枪缀红缨。

七队七星宝剑耀人眼，

八队八楞金锤放光明。

九队九节钢鞭鬼神怕，

十队个个使流星。

仔细看，十面埋伏百员将，

九层刀斧甚是凶。

八方摆的八卦阵，

七星宝剑镶金龙。

六路兵马如猛虎，

五色战旗把日蒙。

四马翻腾卷尘土，

三军呐喊不住声。

二匹探马来回奔，

一字长龙皆英雄。

个个金盔头上戴，

左右斜雉鸡翎。

地动山摇喊口号，

群山回应"保大清"。

若有倭寇来侵犯，

定能得胜把贼平。

　　乾隆看罢，心里高兴，提出再去看黄崖关最独特之处，即万里长城沿线上独一无二的八卦城，俗称八卦迷魂阵。这是当年由戚继光将军创建屯兵之所，更是防御之城。

　　八卦城按照九宫八卦的规律，分乾、坎、艮、震、巽、离、坤、兑八个卦区布局，城内四十多条街道和几十座古式排房纵横交错，有 T 字形、回

乾隆
拜蓟州

字形，有的交叉、有的错位，凡此种种都给人一种强烈的军事色彩，让人感觉前方是路却又无路可走。但只见：

天朝将士摆开八卦阵，

好一个威武的八卦阵，

按周天四象布周全。

乾坤艮巽为阵角，

坎离兑震为四边。

五行相生法，

子母互相援。

碰钟西北乾为天，

黑白人马互相连。

云板敲坎水，

梆子打艮山。

东西刀枪如潮涌，

波浪滚滚往北翻。

震为雷门常击鼓，

唢啦声高风再传。

水火能既济，

甲乙本平安。

哨吹丙丁火，

泽震地坤元。

分别号令辨方向，

乾隆
拜蓟州

中央貔貅自向南。

鸣锣庚辛金，

炮响士中间。

南北能救应，

东西可贯穿。

捉将如同探囊易，

出阵退走登天难。

天朝之兵多威武，

高喊"视死如归保江山"。

乾隆高喊："赏！赏！赏！"

文武百官也心潮澎湃，激动不已。乾隆问和珅："爱卿对此有何高见？"

和珅说："爱我大清江山，应提倡领略蓟州长城，参观蓟北雄关，以此引以为傲。"

乾隆高兴之余，问刘墉："刘中堂有何见教？"

这回和珅的面子算挣过来了，他认为，自己是兵部尚书，这些人的演练博得乾隆高兴，刘墉不一定研究长城，更不知蓟州黄崖关有何特点。

刘墉回答："臣以为，仅领略我长城雄伟，实为浅见。"

乾隆与和珅一愣，参观游览长城，引以为傲是浅见？

刘墉说："每一位大清命官及百姓，要知我长城之'魂'。何为'魂'，臣拙见，舍生忘死，抵御倭寇，是长城永远不朽之魂。万历十年（1582）六月，广东边塞吃紧，戚继光又被急调广东。离蓟之时，百姓登府挽留他们爱戴的英雄，怎奈朝廷之命不可违。百姓倾城夹道相送，罢市而泣。并送

乾隆
拜蓟州

自家子弟、丈夫随戚继光保卫边塞。戚继光的老部下参将陈第亲睹现场，
有感作诗，诗中一句：

谁将旌麾移岭表，

黄童白叟哭天边。

道出了当时真实的情景。

戚继光老泪纵横，也赋诗一首：

南北驱驰海色寒，

孤臣与此望辰鸾。

凡霜尽是心头血，

洒向千峰秋叶丹。

怀着满腹惆怅，离开了为之呕心沥血的蓟州。

戚继光的一生，正如他的诗《马上作》：

南北驱驰报主情，

江花边草笑平生。

一年三百六十日，

多是横戈马上行。

这首诗概括了他的戎马生涯，抒发了他报效国家的赤胆忠心。民族英

雄铸就了我长城之'魂'，领略黄崖关，不是参观，是要在我们心中铸就长城之'魂'。历史的怀殇，诗人的咏叹，更不是游山逛景的欣赏和爱的依恋。应扬其'魂'，追其'魂'，魂之水流，而荡远；魂之叶繁，而林旺。追魂，根固，寿永，国兴。"

这一席话，乾隆和文武百官个个击节喝彩，和珅与刘墉的观点相比，不在一个层次，这就是境界决定观点，这就是历史的胸襟和情怀。

七王爷在叫好的同时，不无感慨地说："不知长城魂，枉为有民族血性的中华人。"

八王爷说："要知长城魂，到黄崖关寻。"

还有的喊："戚家军立威在蓟州，抵御倭寇看我蓟州人。"

乾隆双手一拍："好！刘中堂今天你请客。"

"我请客？圣上明示。"刘墉问。

"用什么明示？！众臣在朕面前这么赞美你，你还不该请请大家嘛？"

"啊？这也是理由？"

"对！朕也跟着一起吃。"皇上傍吃傍喝。

"你请大家吃什么，由朕定。"然后乾隆吩咐："现在已到午饭时间，和珅、刘墉，你们各派下人，把你们中午吃什么？端到朕这儿来看看。"

什么意思？

乾隆心想："你刘墉赞美戚继光廉洁，你平常生活是节俭还是奢侈？我给你来个突然袭击，看看你们二位在家都吃什么？"

乾隆考察自己的部下，也有着自己独特的招数。

时间不长，太监将和珅刘墉中午拟吃的饭菜呈到皇上面前。他们端的是什么菜？有什么故事呢？

乾隆
拜蓟州

 二十八·乾隆露怯

　　和府的厨师觉得自己的手艺可与宫内御厨相比，但也要奉承一下和中堂，说："这都是我家大人的创意。"

　　这不奉承还好，这一奉承，充分将和珅的狼子野心暴露在乾隆面前。

　　这个和府的厨师讲：

　　"我这道菜是鲤鱼跳龙门，佛跳成佛。鱼，是州河鲤，乃蓟州特色水产品，完全依靠水中天然饵料自然生长，形成了州河鲤营养丰富、肉质紧实、咀嚼滑韧、味道鲜香的特点。这龙门造型是用府君山的龙须草。传说这种草，是轩辕黄帝乘龙登天之时，众臣因抓龙须而未能登天，落地后变成龙须，当地起名'龙须菜'。州河鲤烹炸之后，在龙门顶上，以示跳龙门。门之下是各种海鲜，俗称'佛跳墙'，而我们把它改良为佛跳成佛。"

　　乾隆一听，心想："你和珅奢侈我不管，但你既要成龙又想成佛，暴露你的狼子野心。"然后对和府厨师呵斥一声："退下！"

　　把和珅吓得心惊肉跳。

　　然后说："刘爱卿，朕看看你的午饭。"

　　然后看见刘墉府上厨师端上来一个盘子，上面有四件食品，一件名叫"子饽饽"，是蓟州邦均特有的传统风味，因其形状像算盘子，又名"子火烧"。"子火烧"虽很普通，但有独特的制作工艺，它选用精制面粉、小磨香油，拌有芝麻、花椒盐为馅料。具有味道纯正、酥香适口、食而不

腻的特点。

另一件是蓟州上仓产的一种小吃，现在被称为"饹馇盒儿"。提起饹馇盒儿，蓟州上仓的做法最正宗，是纯绿豆制作。先将制作好的饹馇在高粱秆顶部晾凉，再把饹馇切碎做成馅料，放入葱姜和豆豉、五香粉、盐等佐料进行揉搓，搅拌均匀，使其充分入味！紧接着，取一张饹馇，抹上水淀粉糊，为了增加黏合度，把调拌好的馅料均匀地铺在饹馇上，再用另一张涂好水淀粉糊的饹馇覆盖上面，用盖顶压实，最后把这个圆形"馅饼"用刀切成四方形或菱形，饹馇盒儿就做好了。等锅里油温达到一定温度，把切好的饹馇盒儿放进滚烫的油锅里，味道喷鼻香。外表金黄、色泽鲜艳的美食就呈现在眼前，放进嘴里，外焦里嫩，饹馇和豆豉的香味顿时溢满嘴巴。那种美味无法言表！

当时，这两种食品百姓家普通食品，一个是面粉，一个是绿豆粉，家家吃得起，做法独特。

当它们被递到乾隆面前时，刘墉说："启禀圣上，盘中的两件食品，都是百姓家的粗茶淡饭，一个叫子饽饽，一个还没有名字，请万岁赐名。"

乾隆一指盘中的另两件："那两样食品，朕也没吃过，是什么？"

刘墉说："一件为'洪福齐天'。"

是什么呢？三块蓟州的酱豆腐，又叫腐乳，乾隆没吃过，也没见过。

刘墉说："另一件为'一生清白'。"

是什么呢？小葱，一半是青色，一半是白色，这在宫廷只能是做菜用的小料，乾隆没注意过，也没吃过。谁也没听说过哪位皇上嚼两颗大葱吃的。刘墉是山东人，从小就吃大葱蘸酱。

乾隆一看，颜色鲜艳，又听说是蓟州百姓日常吃的食品，便吩咐："今

157

日刘中堂请客，就按照这一盘四样食品，每位大臣赏一份。这也是我们体验百姓日常生活，知道他们平常吃什么。这些吃食，朕是一样儿都没吃过，我想众爱卿也没有吃过。"

这四样食品上得快，大臣们也都饿坏了。菜饭上齐之后，他们见乾隆眼中透着光，看着"洪福齐天"。一筷子，夹了两块酱豆腐放到嘴里，也饿了，张嘴就大嚼，"哇！"差点儿没把他齁死，可是又不能吐，因为不能把洪福齐天吐掉，脸上还得要表现出很享受的样子，然后说："诸位……爱卿……品尝。"

诸位文武官员见乾隆这个表情，还以为"这么好吃！洪福齐天，吃"！都学着乾隆的样子，拿筷子一戳两块放在嘴里大嚼。天啊！在皇上面前不能吐，而且看见乾隆满面笑容，实际上笑得五官都挪了位了，这模样太难过了。乾隆："爱卿……诸位……感觉怎么样啊？"

文武官员跪地磕头："感谢皇恩！"

乾隆说："好！每人再赏五块儿。"

这活得了吗？

这时，乾隆为了冲淡嘴里的咸，就加了一块饹馇，当时也不知道叫什么名儿，大口咀嚼。然后又去夹子饽饽。太监以为不吃饹馇，要往下撤。谁知，乾隆还没有吃够，就说了句"搁这"。刘墉聪明，便说这是乾隆赐的菜名，马上传下去："乾隆爷赐此菜名为'饹馇'"。因饹馇与"搁这"同音，从此以后，"饹馇"的叫法便在民间流传开来，饹馇的身价也大大提高。过去饹馇盒儿只在逢年过节时才上餐桌，后来清朝来谒陵的官员到蓟州就点乾隆给赐名的饹馇，这也成了蓟州招待客人的特色菜。

不仅饹馇，子饽饽也在清朝盛行。清朝官员每逢清明节谒陵路过蓟

州，或赴盘山行宫时，均携带些子饽饽回宫食用。子饽饽从而成为京东的名特传统食品之一。

蓟州人也特别会做生意，现在，"邦均子饽饽"注册了商标，并成为非物质文化遗产，受到保护。2014年6月，蓟州"州河鲤鱼"商标在国家商标局注册成功，来蓟州做客的外地人都以能吃到于桥水库的州河鲤鱼感到自豪。

您可能会问啦，不是一共四道菜吗，那"洪福齐天"呢？酱豆腐虽然没有那么多名头，但却深受游客喜爱。游客离开蓟州都要带几罐酱豆腐送礼或自己食用。

蓟州特色美食，看的是色，闻的是香，吃的是味儿，听的是故事。让人在听完故事后，向往令人寻味的美食。这背后都蕴含着蓟州人的智慧。

书归正传，和珅气不忿儿，心想：刘墉请客，没花多少钱，在皇上面前还落个清正廉洁。而且这几块酱豆腐齁得他，浑身打冷战。来到刘墉面前，说："你个罗锅儿，太缺德了！齁得我喝了两桶水，这劲儿都没过去。"

刘墉抿嘴一笑，说："和中堂你太外行了，这可是好东西，这酱豆腐又叫腐乳，制作讲究，对人的身体大有益处。它的功效可不少，不仅性平味甘、开胃消食、调中，还可以用于病后纳食不香、小儿食积。善用腐乳，可以让料理变化更丰富，滋味更有层次感。腐乳除了佐餐外，更常用于涮锅、面线、馒头等蘸酱以及肉品加工等用途。馒头上抹点酱豆腐，天津人就好这口。你今天食用，知道是什么毛病吗？"

"什……什么毛病？"

"两字——太贪。"

"还愿我贪？太气人啦！"

乾隆
拜蓟州

乾隆说："朕颁旨，让京城的官员带领子女，全来蓟州……"

"啊？都来吃这酱豆腐？"

乾隆说："从我到蓟州，看到十二寡妇和戚继光保家卫国的精神，也看到纨绔子弟李国泰贪污腐化的典型案例。京城八旗子弟，拿着国家俸禄，不可变色、变质。朕谕令：京城所有皇亲国戚、王爷、八旗子弟到蓟州来朝拜。"

您可能要问，这些达官显赫到蓟州朝拜，拜谁？到何处拜呢？

 二十九、刘墉气和珅

朝拜的地点是蓟州城西五里的"五名山"。

拜谁？您听过"五子登科"的故事吧？

您会背《三字经》吗？

宋代学者王应麟编写的幼儿启蒙教材《三字经》，其中云：

窦燕山，有义方，教五子，名俱扬。

"窦燕山"及五子登科的故事，就发生在蓟州。而五子登科也成为成语典故，后逐步演化为中国传统的吉祥图画和祝颂词，如"教五子""五子夺魁""五子高升"、杨柳青年画的"五子夺莲"等，这些意义相近的吉祥语都源于蓟州的"五子登科"。

说起此事，我还真有点儿遗憾，因为我看到带着孩子来蓟州旅游的，大都是住农家院、吃土特产、游山逛景。我问他们："知道《三字经》中的'窦燕山，有义方，教五子，名俱扬'发生在哪儿吗？"都说不知，也没人给他们讲。

他们不知明清以来，不论是达官显贵还是平民百姓，都来此朝拜，树立楷模，以此教育孩子。按旧传统，每年农历四月十五都要举办大规模的"五名山"庙会。

乾隆
拜蓟州

现在,《三字经》已经被联合国教科文组织列入"世界儿童道德教育丛书"。望子成龙的家长们,为什么不学窦燕山教五子的"有义方"呢?

乾隆谕旨赴蓟州拜五名山,和珅立即献媚道:"奴才深感皇恩举世大略,这是我大清万代江山人才辈出的良策,奴才怎么就想不到啊?所以奴才建议:皇宫中每个子女在拜五名山之后,都要写一篇千字感文,以验学习收获。"

乾隆也爱听恭维之言,看了一下刘墉,说:"刘中堂对和中堂建议有何见解?"

这可真是境界不同,思维模式见高低。刘中堂立即回:"臣以为写一篇千字感文,易流于形式。我的拙见是每人分散学习三天,回来要讲一个窦公燕山父子最感动本人且对后人有所启迪、带有经验性的故事,由圣上集中检验,同时还要奏献一条治国理政方略。此外,再写一副上联或应答别人的下联,此联要求,正念、反念一个样,而且都以蓟州为题。"

太难啦!

但乾隆聪明,心想:学习完却没有为我大清江山思考谋略,等于白学;以蓟州为题,写正反都能念的一副对联或应对下联,你们不可能在京城找人代笔或事先做准备,这是考查皇宫子弟的真才实学。他频频点头:

"准!我再加一条:撰上联或下联,要用书法写后呈朕,且不论真、草、隶、篆等书体。朕要检查他们近期学业。"

和珅心里不悦:"你个罗锅儿处处压着我。"

然后对刘墉说:"你在孩子身上积点儿德不好吗?你出的这些主意我也不是想不出来,我就想叫孩子们在外面连学习带散散心。但是,我挺高兴,知道为什么吗?"

"为什么？"

"这些皇子、王爷子弟知道咱俩不同的建议之后，准拥护我，骂你！刘中堂，你就不怕这些个王公贵族子弟们集中反对你吗？"

"哦，那对我的建议，你应该拥护吧？你怕什么？"

和珅不敢说不拥护，因为皇上已经恩准，心想："你刘罗锅别给我画圈，我才不往里跳呢！"

然后说："我是替你着想，我没有什么可怕的，而且我还告诉你，我高兴！你知道为什么吗？这正是犬子亮相的机遇，让乾隆爷和众位大臣领略一下我儿子的才学。"

刘墉提高嗓门喊了一声："太好啦！"

这一嗓子把和珅吓得一哆嗦，因为和珅跟他说的是悄悄话，想气他。这一嗓子众臣听见了，皇上也听见了，他不知道刘墉又有什么坏招。果不其然，乾隆吓得一愣，问："何事喧哗？"

刘墉奏："臣有罪！"

"怎么回事儿？"

刘墉说："和中堂说我出的这个主意，会遭到众位皇子和王爷子弟们的唾骂，得罪人了！这些人要集体反我！"

"混账！你的建议是我恩准的，是我颁布谕旨，难道我这个谕旨不得人心吗？"

这个状告的……和珅是小脸儿蜡黄，"扑通"一声跪下，说："他不是……我没……没有……不是！"

刘墉还跟着起哄："万岁！他说他'没有不是'，这得问问。"

和珅差点没背过气去："他……不是……"

"还是我刘墉不是!"

乾隆一看就明白,这和珅怎么能斗得过罗锅儿?马上说:

"按朕谕旨,明天皇子和王爷子弟集体拜蓟州五名山。"

有人不知,这和珅的儿子是谁?为什么和珅对自己儿子心里有底?因为乾隆将最喜爱的十公主固伦和孝公主,嫁给了和珅的儿子丰绅殷德。这丰绅殷德又有什么样的才华呢?很少有人在书中表述,这次丰绅殷德在乾隆皇面前表现如何呢?

这是一场大考,又是一个鲜为人知的擂台,乾隆怎样亲自考各位皇子和皇亲国戚们呢?

这场打擂和大考结果怎么样呢?

乾隆
拜蓟州

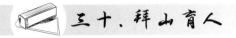

三十、拜山育人

　　乾隆谕旨皇子及在京的王爷子弟都到蓟州拜五名山，这五名山坐落在蓟州的窦家庄，到窦家庄的都有谁呢？皇子中有乾隆的四个儿子，可能您要问：

　　"为什么只来四个儿子？"

　　您问得对！

　　乾隆皇帝有名号的四十一位后妃为他生了十七个儿子，因为十七个儿子中，有十三个儿子或故去或乾隆看不上。考虑重点培养，或从中选择继位者的，只有四位：皇八子、皇十一子、皇十五子、皇十七子。

　　第二天，在窦家庄出现的人，乾隆看后心中不悦。长相都还好，但举止……不是大大咧咧，便是扭扭捏捏。他们有的手如柔荑，肤如凝脂；有的剑眉星目，直鼻拳腮。诸位不是矜持不足，便是执扇掩面，大方欠缺。他们打扮得如此做作，心里想的是要把别人比下去。

　　乾隆发话："所有拜五名山之人，三天学习期满后，按朕的四项旨意汇报。你们不许有仆人跟随，不许骑马，只能步行，自寻村落住宿，只能吃百姓饭，任何人打扰百姓，严惩不贷。"

　　三天后，所有人又都聚集窦家庄。乾隆先点名皇十五子："你讲一个故事，呈一条理政方略，先出一副上联，此联要求正念、反念一个样，而且要以蓟州为题，答后要用书法写后呈朕，且不论真、草、隶、篆各种书体。"

乾隆
拜蓟州

皇十五子落落大方：

"启奏皇阿玛，窦燕山为五代后周蓟州人，生于唐咸通十三年（872），以积德行善、教子有方而闻名。后周广顺初年（951），窦燕山任户部郎中，朝廷加官为金紫大夫。显德年间（954—960），窦燕山迁任掌管礼仪的太常寺少卿，再次迁任为掌管规劝纳谏的右谏议大夫。使儿臣感动的是：窦燕山每年的收入除日用外，其余全部用来接济他人。他先后资助二十七家无棺椁下葬的宗亲举办丧葬，资助二十八名孤寡贫穷的女孩婚配。他在自家修建书房十四间，收藏图书数千卷，设置书院一所，又聘请有文才和德行的儒者来作老师。四方凡是有志于学的人，都可以自愿前来读书学习。他的儿子窦仪等五人在书院里，和求学的人一起读书，在老师指导下互相切磋探讨，所以见闻越来越广、学识越来越渊博。他对待子女，言传身教，本人生活俭朴，不使用金玉制品，妻儿不穿丝帛衣服……他离世后被葬在窦家庄祖茔，乡亲们为窦氏五子重新在附近的一座山立碑造墓。原来此山无名称，乡亲们出于对他们父子的尊重，起名'五名山'。"

说到这儿，笔者这个说相声的跟您解释几句，窦家父子的故事非常感人，下面我只是做到点题而已，当今学者众多，网上可查。我给您讲的是单口相声，不是讲史，讲史太多，您听着就枯燥了。但若是一点不讲，您就认为说相声的胡说，没有依据。

乾隆讲："好！故事讲得清楚，语言简洁，你呈现给阿玛的理政方针是什么？"

皇十五子答："建议朝廷拨银为蓟州沟河清淤疏浚。"

"理由是什么？"

"窦家父子之所以几百年来深受百姓爱戴，给我最重要的启示就是

'慈善'二字，清淤沟河就是为百姓造福。沟河形成于春秋战国时期，发源兴隆，流经蓟州、平谷、三河，宝坻与州河相汇（即蓟运河）。沟河航运是平谷唯一的交通运输线。从军事角度讲，历史上周显王十四年即燕文侯七年（前355）秋季，齐威王兴师数千，乘舟百艘，欲袭燕京（今北京）。文侯闻讯，率师万余，燕郊乘船，与齐师会战沟河口，因平谷、三河、通县、宝坻水路楫运，供应及时，结果齐师残败遁逃。可见沟河水道意义重要。"

"再有，我朝康熙二年（1663），大规模修建东陵以后，所需粮食、建筑材料、多从南方水路通过蓟运河运往工地。为了加强水运，沟、洳两河多次进行了清淤疏浚，因此、沟洳两河的水运又逐渐兴起，每天来往的驳船达十余艘。启奏圣上，拨银兴水利，造福两岸百姓灌溉良田。"

乾隆频频点头说："朕让你出的上联是什么？"

皇十五子答："沟河自来水来自河沟。"

太绝啦！沟河在蓟州，沟河的水自然形成，由此水形成沟河，所以上联是"沟河自来水来自河沟"而且，正念、反念全一样。然后将此联的书法呈给皇上。

乾隆高兴，然后点名皇十一子永瑆：

"你来讲！"

皇十一子讲：

"窦燕山的长子窦仪，十五岁就能做文章，在得中进士后，窦仪从最底层干起，辅佐侍卫步军节度使景延广处理府中的各种事务。在献策战胜契丹中立功，后汉高祖刘知远召任窦仪为左补阙，掌管规劝纳谏事宜。不久，又改任礼部员外郎。窦仪升任为礼部侍郎，改革科举考试。窦仪最大的贡献是为后人奠定法律规范——他奉赵匡胤之命制定刑法，编定《刑

乾隆
拜蓟州

统》并刊印颁发全国……"

乾隆问："你有何理政方略？"

皇十一子讲："无法而无国，为保我大清江山，应开启酷刑之门。"

"从何处入手？"

"佯狂傲世，倜傥不群，钻营抗俗者杀；为文怪诞，遣词尖锐，讽我大清盛世者杀；思想偏激，窃位苟禄者杀；嬉笑怒骂，辱我阿玛者杀……"

乾隆没等他说完，立即摆手，如果让他继位，准是一位暴君，然后说："你能否为皇十五子的上联对一副下联？"

皇十一子讲："我已写好！"

然后念："阿弟的上联是'泃河自来水来自河泃'；我对'九龙至尊尊至龙九'"。

"怎么讲？"

"我此次住在九龙山，从山的高处望，该山由九条龙组成，九为最大，又为至尊，皇阿玛尊至龙之九条。所以'九龙至尊尊至龙九'。"

"嗯！反念仍是'九龙至尊尊至龙九'。"

乾隆点名皇八子永璇，因在京观察其"沉湎酒色，又有脚病"，所以他被排除在继位培养之外。也没有点名皇十七子永璘，因其生来风流潇洒，吃喝玩乐，对理政和为官根本不感兴趣，也被排除在外。至于亲王、王爷的子女都有谁来了？他们的姓氏名字各种各样、稀奇古怪，还有一些字很难认。咱就省略名字，省得大家记不清。有人说："你们说相声的文化低，根本不认识这些字。"

咱就简单称呼吧！乾隆点八王爷之子，朝中的王爷之子不可与自己的儿子分亲疏。这也是为了考察谁能成为国家栋梁。

八王爷之子跪奏："我学习窦燕山次子窦俨，有两条启示。"

"讲！"

"一是上疏废除酷刑。开运年间，窦俨上疏给后晋出帝，认为例律中的死刑有两种，称绞和斩。绞刑是筋骨相连，斩刑是头颈异处。但各地滥用酷刑冤声震天，希望禁绝这种状况。皇上听从了窦俨的建议，废止了酷刑。"

乾隆点头："此子心里善良，同时富有心计。他看我对皇十一子的'杀！杀！杀！'摇头。便提出对处于死刑之人都要善良。"

乾隆接着问："你的第二条启示是什么？"

"朝廷命官要多才多艺。他校正了钟磬音律，用古累黍之法，以审其度，造音律，准其形如琴而臣，凡十三弦，以定六律、六吕、旋相为宫之法。此后历代朝廷重大礼仪活动都奏窦俨所编创的曲谱，当今我朝也是如此。"

这也是我蓟州人的骄傲。据传，朝廷重大礼仪所奏曲谱，都是窦俨所编创的，一直沿用到封建社会末期。

乾隆问："你的理政建议是什么？"

"我这次住在蓟州头营村，该村以苗木种植为主业，应鼓励支持有条件的农户种植苗木，美化家乡田园，改善土壤和环境，窦俨讲田蚕园圃的事，有专著一卷，刻版印刷颁行全国。"

乾隆点头说："你对的下联是什么？"

"十五阿哥的上联是'沟河自来水来自河沟'；我对'头营落叶松叶落营头'。"

乾隆又点头："'头营落叶松叶落营头'，以蓟州为题，头营以苗木为业，他以落叶松做对儿，而且正念、反念全一样。"然后点名："六王爷之子回奏。"

"喳!"这六王爷之子有心计,窦燕山有五个儿子,前面已经说了俩啦!还剩仨。马上跪奏:

"我对窦公燕山后面的三个儿子——窦侃、窦偁、窦僖,全都崇拜,学习后对我全有启示。"

嘿!他全包啦!

乾隆说:

"讲!"

"他们全都考中进士,三子窦侃,后汉乾祐二年(949),官至起居郎,侍身在皇帝左侧,凡是皇帝起居法度、典礼文物、宣员的升迁,以及旌表和奖赏、诛罚和黜免,无不随时随事记录,撰成史书……"

"窦公燕山的四子窦偁,赵光义任命其为枢密直学士,侍从左右,以备顾问,并赐予府邸一处。太平兴国六年(981),升任窦偁为左谏议大夫,掌管规谏讽喻。窦偁不负所任,殚心竭力,恪尽职守……"

"窦公燕山的五子窦僖,后周广顺初年(951),官至左补阙,掌管规劝纳谏事宜。窦僖的儿子窦急、窦锡、窦浩,全都考中进士……"

乾隆听他一人滔滔不绝,打断他说:"你奏献理政方略吧!"

"喳!我建言:朝廷命官必须能听净言,善于听净言。窦偁任参知政事时,仅次于宰相。皇帝赵光义问他说:'你为什么能官升此位呢?'

窦偁回答说:'陛下您不忘旧臣。'

太宗赵光义说:'不是,是因为当年贾琰奉承我,你当着我的面驳斥他。众人大惊失色,我提前退出宴会,并把这件事上奏给太祖。我即位后,觉得奉承拍马的人太多,没人敢说真话啦!所以,我要重用你。'这跟当朝圣上您一样,敢于公开:定盘谷在盘山的失误一样英明,乃所有命官应

该学习的明君。"

乾隆心想，最后还是绕着弯地给我拍马屁。说："你对的下联是什么？"

六王爷的儿子说："十五阿哥的上联是'沟河自来水来自河沟'，我对：盘山万松寺松万山盘"。

乾隆点头："嗯，盘山有万松寺，周围数不清的松树可以以万计算，而这些松树万万千千又在山间盘绕。'盘山万松寺松万山盘'，正念反念全一样。"

乾隆说："五王爷之子讲。"

五王爷之子心想："六王爷之子把窦公后面的三个儿子全讲啦！一个也没给我留。怎么办？心想：我也不是吃素的。"

跪奏道："我了解了宋代参知政事、枢密副使欧阳修撰写的《阴德碑记》，颇受教育，碑记中记载了窦燕山好善乐施的种种善行。"

"你奏献的理政方略是什么？"

"人，要积阴德。倡导人人做善事积阴德，百姓人人善良，大清江山永固。"

"你的下联是什么？"

"我住在蓟州东鳌，东鳌民风朴实，百姓心地善良，男女老少自食其力，身上所穿全是自纺自织自做。他们的针织绣品——穿的兜兜、幼儿的老虎鞋、五毒绣品等，广撒附近乡邻。所以，我的下联是'东鳌绣花女花绣鳌东'。"

乾隆点头："嗯，上联'沟河自来水来自河沟'；下联'东鳌绣花女花绣鳌东'正念反念全一样。"

然后点名："四王爷之子有什么体会？"

　　四王爷之子跪奏："窦公及五子，虽官居显位，但每次回乡都要和父老乡亲一起下田耕作，并将各地种植农作物及方法移植蓟州，大大丰富了蓟州农田品种。"

　　"嗯，你的理政方略是什么？"

　　"民以食为天，粮为命脉，我倡议广泛使用农田，避免种植单一化。"

　　"你的下联？"

　　"奴才这两天住在蓟州土楼村，传说窦公曾为此村引进种植落花生，所以，我的下联是'土楼落花生花落楼土'。"

　　乾隆点头，巡视诸臣，看见和珅之子跃跃欲试，即点名和珅之子丰绅殷德。俗话说"一个姑爷半拉儿"，乾隆非常重视和珅之子，便说："丰绅殷德，你有何学习收获？"

　　丰绅殷德跪奏："奴才注意到，窦俨曾说，窦家昆弟五人，都考中进士，可谓兴盛了。然而，没有一个官职与宰相接近，也不能久居其位。而同是蓟州人有一位名叫赵普的，一生三次为相，他就是北宋助赵匡胤策划'陈桥兵变'，历史上著名的'杯酒释兵权'的'始作俑者'；《三字经》提到的'赵中令，读鲁论，彼既仕，学且勤'，说的就是他以半部《论语》治天下而名垂青史的故事。"

　　蓟州历史上有两位人物进入《三字经》，乾隆问道："你认为这是何原因？"

　　"我认为他们都是中年早逝，窦俨卒年四十二岁；窦俨享年五十八岁；长子窦仪逝世年五十四岁。同样是任用赵普为宰相的赵匡胤有意任用窦仪为相。但没想到窦仪早逝，他痛惜没有及早重用窦仪。"

　　"你有何理政方略？"

"朝廷应关爱官员的身体，我大清官员都应该注意养生。"

和珅听到这儿，心里高兴，心想：儿子太像我了！这是得人心之举，文武百官肯定拥护，这是我儿子在揽人缘、买人心，我儿子一定能够在众臣心目中提高威信。和珅乐不可支，马上跟旁边的八王爷悄悄说："这孩子心太善啦！从小就心眼儿好。"

八王爷知道和珅心狠手辣、权居高位，附和着点头。

乾隆看在眼里，心想："养生？我看你养得就不错，肥头大耳。前面的阿哥们所提的理政方略都是民生大计、国家大计。无论从哪一个角度或哪一方面，都是有些道理的。朝廷应关心下属，但颁布文武百官养生？这行吗？"

他随口问："刘中堂，你认为丰绅殷德的意见如何？"

刘墉奏："窦公五子，虽短命，但都是为朝廷鞠躬尽瘁而无惜自己的生命。我大清应提倡从朝廷到文武百官，为民造福，死而后已。我也举一例，一次，窦仪奉命出使南唐，宣布诏书，正逢天降雨雪，南唐中主李璟提出：可否到附近的马棚中拜受诏书。窦仪义正词严地说，我宣诏是代表国家，不敢因为怕衣服被雨雪淋湿了而失礼，与其在马棚里宣诏，我情愿改为他日宣诏。李璟听后，冒着雨雪在庭前接诏。窦仪没有考虑养生，想的是朝廷诏书尊严，在养生与国礼面前维护的是礼仪。如文武百官将养生放在首位，无人在战场为国捐躯，无人夜思日想着为百姓。身为朝廷命官不能只想养生，不能只为了延长生命而当大官。"

乾隆还是维护姑爷声誉，心中明白谁高谁低，但他对刘墉的回答未置可否，然后问丰绅殷德："你的下联是什么？"

"十五阿哥的上联是'泃河自来水来自河泃'；我下联对'三块五花肉

花五块三'"。

在场的众臣噗嗤一声全乐啦！他竟惦着吃啊！

乾隆给他圆场："丰绅殷德关注民生，所对下联正念反念全都一样，朕心甚慰。"

您可能说了："和珅之子没错啊！现在我们注意市场价格变化，猪肉的价格是重要指标走向。"可您说的是现在，咱谈的是过去。过去的百姓，甚至地主也没有天天吃肉的。逢年过节吃上肉就非常不错了，所以众臣都笑话和珅之子。

其实乾隆心里明白，但他得给自己"亲家"面子。有史以来的官场规律：掌权的人捧谁就是想给谁机会。他马上说："请和中堂点评子弟们的书法上下联。"

为什么让和珅点评？因为和珅的书法功底非常深厚，他模仿乾隆书法几乎乱真。

和珅听说让自己点评书法，非常兴奋。他知道这是皇上捧他，别人都说刘墉书法好，可皇上不理他罗锅儿。他激动地说："诸位的书法，虽幅不盈尺，但妙辞隽语，信手拈来；所书诸体，真、草、隶、篆相映成趣。可见诸位临池不辍，学业突飞猛进，令吾辈刮目相看。"

乾隆点头："朕颇心悦，但诸位也要认识自己的不足，知不足才能进步。"

这时他不再给刘墉机会，自己点评：

"你们的通病是临池尚可，但没有自我；功夫亦深，但境界不足。赏其作，悟内蕴，观品位，应含妙境，方能相得而益彰。今日，朕带你们去拜楷模，瞻仰蓟州墨宝，这些墨迹，乃宫廷难见或世间绝无仅有。"

"啊？"

众臣闻听，都觉自己孤陋寡闻，心想：到蓟州这么多次，都没注意这里的国宝。乾隆可是无人可比的鉴定大家，宫内所藏珍品无一不细细揣摩，甚或御笔点评，造办处所制精品都经他指导认可才能留存。他认为蓟州有"宫廷难见，世间仅有"，这是什么东西？在哪呢？有什么我们不知的国宝？

乾隆
拜蓟州

 三十一．乾隆鉴宝

乾隆带领皇子及王公子弟蓟州城拜国宝，第一件国宝是什么呢？

是坐落在文庙之内的一块"寿"字碑，该碑采用白色大理石质料，高130厘米，宽72厘米，厚25厘米。碑的正中镌刻"寿"字，字高80厘米。这个寿字是谁写的？又是何时写的呢？乾隆亲自当"讲解员"，他说：

"这是清代蓟州知州刘念拔所写，该碑是一块难得的国宝。刘念拔是江西奉新人。本朝（乾隆）五十五年（1790）九九重阳节登高，刘念拔携同僚耆旧、文人雅士、耄耋之人，登高游乐，并设宴与同僚共饮。席间，众人举杯相庆，把酒畅饮，其乐融融。兴之所至，刘念拔应众人之请，展纸疾书，笔走龙蛇，一个'寿'字跃然纸上。围观的众人赞不绝口，共倡立碑，以垂久远。于是在重阳节后六日，刘念拔重书'寿'字。为什么这个'寿'字朕称其为我大清国宝？为什么朕要求书法要写出'我'，而且要写出妙境？这个'寿'字就是你们学书的'模子'。这个'寿'字不仅气势雄浑、遒劲有力，妙和绝之处是这个'寿'字集柳、颜、欧、赵等大家的书法精华于一体，似柳非柳，似颜非颜，横观是欧体，竖看是赵体，横竖相间，粗细搭配，浑然一体，妙趣天成。"

然后他一指"寿"字碑上的一首诗："刘中堂，你来讲一下这首《寿字歌》。"

皇上累啦！

"臣遵旨。"

刘墉道："'寿'字碑，上半部的《寿字歌》是孔继忻所作。孔继忻是谁？他是我朝永平知府。《寿字歌》的内容是这样的。"

苍书籀文创义例，子寿结体为独多。汉唐摩勒无专手，晦翁正书盈丈闽山阿，千锤万拓近已讹。得君此制生面开，意态神魄两不磨，读君寿，祝君年，洪范衍畴寿为先，寿乎人乎两并传。

"孔继忻这首《寿字歌》，是赞扬刘念拔的'寿'字，空前绝后，将会永远流传。从久远的苍颉造字，经过籀文的时代，到现在已经完善了文字的范例，可唯独'寿'字的字体结构特别多。汉唐以来众多书法家摩崖碑刻的'寿'字，没有一个人称得上是专写'寿'字的大家，虽然宋代的朱熹在闽山摩崖书写一个'寿'字，高过一丈，流传千载。但是这个'寿'字，屡经摹拓，已非原样了。看到刘念拔写的这个'寿'字，真是别开生面，形态逼真，笔意传神，形神兼备，也祝愿刘念拔的"寿"字能长久流传。孔继忻还讲，古书《洪畴》相传为箕子所作，把'寿'放在第一位，刘念拔写的'寿'字，连同刘念拔的名字，一定会永远流传。"

刘墉接着说："孔继忻的《寿字歌》，对刘念拔的'寿'字，倾注了无限的欣慕之情。尽管'寿'字有千万种写法，尽管'寿'字有千万种字形，尽管'寿'字有千万种字体，但他唯独喜爱刘念拔的这个'寿'字。刘念拔的'寿'字，加上孔继忻的《寿字歌》，真是珠联璧合，日月双辉。这个'寿'字，不但孔继忻喜爱，也得到圣上的青睐，诸多文人雅士都来拜这个'寿'字。我也祝愿我大清江山如这个'寿'字一样，万年长寿！"

刘墉讲完，众臣一片喝彩声，山呼：

"圣上独具慧眼，今日所见，大开眼界，醍醐灌顶。"

说到这儿，有人会问：

"这个'寿'字碑，现在就在独乐寺内，乾隆的行宫也在独乐寺，众臣几乎没有不到独乐寺的，为什么说此前不知此宝？是乾隆独具慧眼？"

据考证，爱惜古物的蓟州人为了保护此碑，在 20 世纪 80 年代将其由渔阳书院（现蓟州一中校址内）移入独乐寺。

书归正传，乾隆又引领大家去往附近的独乐寺，独乐寺位于蓟州城内武定街北侧，始建于隋，辽统和二年（984）重建。独乐寺的建筑、结构、佛像、壁画等文物价值自不必说，史料记载非常丰富。

而乾隆请大家看的第二件宝物，是山门上方悬的一块匾额，横书"独乐寺"三个大字。字径尺半，这是明代严嵩所书。严嵩官至内阁首辅，又是谨身殿大学士、太子太师。因其擅自专权，聚敛钱财，残害忠良，落得革职、抄家、子诛、孤老终生的下场。为什么这块匾能保留至今？这也源于乾隆独具慧眼，清乾隆十八年（1753），乾隆拨巨资对独乐寺修缮。有大臣提议将奸臣严嵩所书匾额换为乾隆御题。

这一提议遭乾隆反对，他说："不能因人废字。"

正因如此此匾才保留至今，令人遗憾的是，不知何时，有人将落款之处的"严嵩"两字抹掉。

乾隆认为此匾是国之宝物，并给诸皇子及王爷子弟们讲："严嵩所题楷书刚劲有力，结构严谨，当今鲜有人及。"随后又讲：

"一个历史悠久的文明古国，匾额遍布大地。匾额是为建筑和风景名胜画龙点睛，这些建筑及风景名胜也因有了大学者、大文豪、大书法家和

大政治家题写标名而增色传名。匾额与名胜古迹相辅相成、相得益彰，是一种独特的集建筑、文学、雕塑和书法等于一体的艺术形式。记住，严嵩虽为奸臣，但他的书法功力不可多得，因人废字不可取。今天我们还要祭拜此寺中的第三件宝物。"

乾隆拨巨资修缮独乐寺时，对其有较大改动。主体建筑分为山门及观音阁，山门上的"独乐寺"匾额是严嵩所书；在独乐寺观音阁明间内槽正中悬挂匾额一块，上书"普门香界"四个楷书大字。寓意十一面观音菩萨以广大的法力普度众生香及佛国。这个"普门香界"四个字是乾隆所题。大伙以为乾隆是让看他题的这块匾，赞叹、拍马声正起，而乾隆一摆手：

"朕是让你们看：观音阁上层明间前檐正中，悬挂的'观音之阁'匾额，相传是唐代大诗人李白手书。"

乾隆讲："此匾要欣赏其法古劲而略拙，凸显唐人笔法。著名匾额，千年古刹，如同两道光环，靓丽古代建筑之俊美，彪炳我文化博大之精华。"

这是乾隆认为的第三宝物。今日看此匾，越来越散发出它的独特魅力，是李白留下为数不多的墨迹珍宝。

关于"观音之阁"这块匾额的来历，在蓟州地区有一个流传已久，尽人皆知的李白飞笔点"之"字的传说故事。

有人称：李白北游蓟州，独乐寺方丈邀请他题写匾额。这不准确，据笔者考证：唐天宝十一年（752），李白秉承皇上之命到蓟州，调查安禄山叛变，而安禄山叛变聚首之地是在独乐寺。

方丈知李白不但是诗仙，而且还有"剑仙""酒仙"之称。据说他的酒喝得越多，字写得越好。老方丈盛情款待，席间多次提起书匾一事。而李白却为渔阳美酒所迷，始终不能尽兴，烦乱中，为应付老和尚，便提笔一

乾隆
拜蓟州

挥而就。而后继续畅饮，方丈即嘱人立刻将匾刻好，选吉日挂匾。

挂匾当日，五里八屯的人都来观看揭匾仪式，那真是人山人海，鞭炮齐鸣。蓟州从来没有这么热闹过，人们不仅为蓟州能挂李白之匾而庆贺，也期盼一睹李白芳容。大家知道李白也在挂遍现场，当方丈喊：

"吉时到！请大诗人、大书法家李白亲自揭匾！"

匾额上的彩绸一落，现场一片哗然。人们七嘴八舌：

"李白怎么啦？"

"太哏啦！大文豪写白字？"

原来"观音之阁"的"之"字上少了一点。老方丈这才注意，可把他急坏了，他急忙跑到李白面前躬身施礼："先生您看如何是好？"

李白一愣，接着便开怀大笑，高声断喝："拿酒来！"

"啊？还喝？"

没办法！方丈让人抬上两坛酒。"够喝吗？"

"嗯，上次就是你备的酒少了点，所以匾额少一'点'。"

有这样解释的吗？！

但见李白抱坛狂饮，直至脸红微醉，说话舌头见短时，喊："笔……笔……笔墨伺候……"

笔墨也随之奉上，然后他提笔蘸足了墨。步履蹒跚着走到月台上，对着围观的人群喊："都……都……站远点儿，唉！"

他用手一指头里站着的："那……那个……抬一筐银圆想换字的……不行……我……只要酒。那个……穿白大褂的……小心溅一身墨……嘿……那个脑袋剃得锃光瓦亮的……后……后退。"

说时迟，那时快，只见他，眼望大匾，潇洒往前，先是一个"苏琴背

剑",然后"举火烧天",就听"嗖""叭",笔脱手而出,不偏不斜,正好点在"之"字头上,漂亮!众人掌声四起,纷纷喝彩:"绝啦!"

"见所未见,闻所未闻,前无古人。"

从此,李白飞笔点"之"的故事便传播开了,成为千古佳话。这个传说,是真是假?故事的背后,都或多或少地夹杂着真实的成分。我认为,不管真假,李白飞笔点"之"字的故事,给相声艺人送去了"饭"。相声艺人根据这个故事创作了《王羲之飞笔点太平》,为什么将李白改成王羲之?因为中华人民共和国成立前识字的听众不多,知道王羲之的比知道李白的人多。为什么将观音之阁改成太平府?这里有两个原因:一是相声演员在结尾时要有包袱儿,创作了飞笔点太平。匾上写了一个"大"而少一个点儿,点完"太"字,然后说:

"幸亏这一点儿,点在了一撇的下边,要是点在'大'字的右上角,这太平府就成'犬'平府啦!"节目观众在笑声中结束欣赏。第二个原因是没地方找太平府,必须瞎编一个地方。如果真有太平府,相声演员也不敢说'犬平府',怕挨揍。

那位说了,你怎么知道《王羲之飞笔点太平》来源于蓟州传说的故事?因为我比他们有文化,观众说了:"比你有文化、有能耐的有的是!"

没关系,只要是发现比我有文化、有能耐的,您就给他制造绯闻,让他干不下去。然后就剩我一个。

这是玩笑。

过去的相声作品确实也给过观众不少的误导,在《戏说乾隆》《刘罗锅传奇》等影视剧中,就被相声艺人误导过,有哪些事例呢?

在传统相声节目中,宫廷作品颇受观众欢迎。如《珍珠翡翠白玉汤》

乾隆
拜蓟州

《君臣斗》《纪晓岚》《乾隆下江南》《宰相刘罗锅》等，作为传世精品，诸多老艺术家都有特色各异的版本。一部长篇《君臣斗》或《乾隆下江南》，老艺人可以在书场说两个月以上，往往座无虚席。实际上，这些素材源于评书《刘公案》，但经相声艺人们不断地创作，颇受听众喜爱和欢迎。受欢迎到什么程度？

在20世纪60年代初，曲艺小剧场实行计时收费，评书演员是十分钟一分钱，天津老艺人杨少奎在河北鸟市百鸣曲艺厅说《乾隆下江南》十分钟二分钱，且门口排队，等出来一位再进一位，使诸多评书艺人都羡慕不已。这些作品中的戏说、趣说、演义，都无可厚非，而且还被改编成数部电视剧。但这类节目中，由于当年艺人学艺是口传心授，无论谁表演，都犯了一个不应忽视的错误。

是什么错误呢？即太监在颁布皇上圣旨时说的"奉天承运皇帝诏曰"。表演中，这八个字的读法全都是四四分——"奉天承运，皇帝诏曰"。这是错误的，应该是六二分，即"奉天承运皇帝，诏曰"。"奉天承运皇帝诏曰"这一诏书套语，源自何处呢？相传始自明太祖朱元璋。因其前半生要过饭，得到江山后，怕别人看不起他，自称为"奉天承运皇帝"。"奉天"指尊奉天命，"承运"指遵照五德，即金、木、水、火、土。"奉天承运皇帝"连起来的意思就是，我是顺应天命伦常上天赐予的皇帝，也就是所谓的"君权神授"。过去，为什么唱数来宝的，供奉祖师爷是朱元璋呢？也是告诉听众，别瞧不起我们要饭的，我们祖师爷要过饭，也能当皇上。

至于后面两个字"诏曰"，即下诏书说。但在相声作品中，出现的错误是，不论圣旨颁发给谁？都用"诏曰"，这也错啦！后面"诏曰"，要看对象使用，"诏曰"是诏告天下的意思，凡重大政事须告知天下臣民的，均使

用"奉天承运皇帝，诏曰"。另外还有"制曰"，是皇帝表达皇恩、宣示百官时使用的，如《珍珠翡翠白玉汤》，皇上想吃这口，嫌御膳房做不出这个味儿，便颁圣旨给百官，悬赏，去找这个厨子和这样的汤。可相声作品中仍然用"诏曰"，就错了，宣示百官应用"制曰"，不下达于普通百姓。还有"敕曰"，有告诫的意思，皇帝在给官员加官进爵时使用"敕曰"，意为告诫官员皇恩浩荡，要勤于政务，勿贪图享乐，要忠于朝廷。而在相声作品中，乾隆给刘罗锅升官加爵，颁布圣旨也错误地用了"诏曰"。除上面几种，还有"罪己曰"，一旦天下发生瘟疫、水灾等事，皇上要告知天下自己有罪。

由于诸多宫廷题材电视连续剧是根据相声改编的，扮演太监的也都是相声演员，编剧、导演也未做功课，都误导了观众。今天，咱们应当给予纠正。

书归正传，乾隆领着皇子和王爷子弟，看完了李白所写的"观音之阁"后，心想：李白在蓟州喝的是什么酒？什么样的好酒能使李白如此癫狂？于是他先跟皇子和王爷子弟们说："各自用膳，要吃百姓饭，体恤百姓情。"

有的子弟喊："我们要吃'一身青白''洪福齐天'！""啊？也想吃酱豆腐？"因为他们在京城听说，乾隆爷赏所有众臣吃"一清二白""洪福齐天"，众臣跪倒谢恩大呼："谢万岁恩宠。"不知藏在民间的这个东西究竟有多好吃。这个事就印证了：因为是皇上赏赐，众臣谁也不敢说实话；丢人的事更不能说，怕影响自己形象。

这一下，蓟州卖酱豆腐的发了财了，也更出名了。他们纳闷儿：怎么朝廷上下都爱吃酱豆腐？这应该感谢刘墉和乾隆。

三十二、乾隆艳遇

咱再说乾隆，他为寻访当年李白喝的酒，多方打听后微服来到蓟州下营古镇，镇中心一派繁荣。一家挨一家的店铺，也体现蓟州文化特色，即每家门面都有对联。

乾隆先看到一家酒店，

上联：李白问道谁家好；

下联：刘伶答日此处鲜。

乾隆一闻，嗯！是他要寻的酒。

又见家老药铺，招牌字号"一洞天"。

上联写：四百疾病催人死；

下联配：八百药方保周全。

"嗯！不错！"

那边开个饭菜馆，

上联是：巧手能做千人饭；

下联是：五味调和百味鲜。

看了对联让人流口水。

前边有个木匠铺，对联写得怪稀罕。

上联：刀刻猛虎满山跑；

下联：笔描彩凤飞上天。

把自己的手艺特点写出来了。

铁匠铺，对联赛诗：

> 仙女散花不见女；
> 万张刀镰藏花间。

银炉匠的对联：

> 佳人能增三分色；
> 美男更添五分颜。

拐角有家棺材店，对联是：

> 莫道我家不吉利；
> 自有顾客到门前。

裁缝铺的对联：

> 女爱红装男爱素；
> 冬喜棉来夏喜单。

大实话，没有夏天穿皮袄的。

爆竹店，对联有点儿吝啬，

乾隆
拜蓟州

烟火人家不管烟；

爆竹现钱不赊欠。

也对，进爆竹店不管烟，一抽烟准着火。有学问，不写禁止抽烟，而是用对联来告诉你不能抽烟，"不赊欠"怕打官司，你拿到门口一放，谁知道你放了多少啊？

杂货铺的对联显得和气：

上联：花椒胡椒与心焦；

下联：黑矾白矾不耐烦。

这边是理发店，更有意思，

上联是：刀剃满朝文和武；

下联配：拳打八方英雄汉。

文武百官都得剃头，所以他是刀剔满朝文和武。好！"拳打八方英雄汉"，剃头的都要讲究"放岁"（"岁"音近"税"），就是理发完毕敲打百脉千穴，舒服。不管什么英雄汉，也愿意让理发师傅拳打一番。

乾隆想："我光看对联了，没看横批，再看看横批，说不定更有趣儿。"

理发店：剃刮随便

杂货店：酱醋油盐

爆竹店：炮响钱完

成衣店：穿衣过年

棺材店：大小皆有

银匠炉：火炼金丹

铁匠炉：以锤为生

木匠铺：靠眼调线

饭馆：喜大肚汉

老药铺：不喜赚钱

烧酒店写了七个大字：喝酒也能当状元

前边看见一座厕所，是求联：

上写："谁能给厕所写副好对联，我请你，痛痛快快吃一餐。"

没人写！

跟随乾隆的太监说："怎么没人写呢？万岁爷赏他们一副。"

乾隆说："这有何难！我的上联是'进去龇牙咧嘴'。"

怎么龇牙咧嘴呢？

"憋得难受。"

"下联呢？"

"下联'出来满面笑容'。"

"横批？"

"拉完痛快。"

"走！再让他们请咱。"

"不去！"

乾隆来到上米仓，看到一家酿酒作坊。

"嘿！"酿酒之井水清澈透明，清洌甘甜，煮沸不溢，盛器不锈，入口绵软。其味如醴，红峪桑葚不足比其甘馨，塞北蜜梨不足比其清洌。这作坊正是郭家庄村萧晶玉之父开的。左坊右舍，萧姓家人也在这里居住着。

乾隆来到门前，见门上一副对联：

187

乾隆
拜蓟州

酿之太和醇醇有味

太监敲开了门，萧庄头见来客气质不凡，敬请到上房，名茶款待。乾隆询问了当地的风土人情。家人端了酒菜，萧庄头与乾隆对饮。酒过三巡，菜过五味，乾隆乘兴吟道：

妙手酿得玉液鲜？

萧庄头答道：

上仓古镇有泉甘。

乾隆应道：

朕居九五鲜此昧，

萧庄头一听前面坐的是"九五之尊"，当今圣上，慌忙跪道：

愿贡清芬悦圣颜。

意思是：我这糟老头子别陪了，让我闺女陪您喝酒。

乾隆让他起来，说："佳酿出名泉，此言不虚。"

这时，萧晶玉走进屋来，萧庄头说："晶玉，快给万岁斟酒。"

萧晶玉娇羞地为乾隆斟满一盅酒，说："万岁请饮。"

然后，萧庄头说："可否请不才之女为圣上献上一曲民间小调，为圣上助兴？"

乾隆击掌喊"好！"

这时乾隆抬头，见眼前进来的俏女子，真俊秀，不比寻常女娇流。

乌云巧挽盘龙馨，

明闪闪不擦桂花油。

眉儿弯，似春柳，

杏子眼，情儿露，

悬胆鼻，樱桃口，

耳坠金环挂玉钩。

穿一件藕色褂，

翠挽袖，外照兰衫楼外楼。

百褶官裙金莲足，

端又正，尖又瘦，

行动好像风摆柳，

走路恰赛凤点头。

心儿灵，性儿柔，

美貌天仙见人羞。

乾隆抑制不住地说："真是一个俊丫头！"

此女名萧晶玉，落落大方，说："我伺候爷一曲助兴。"

然后唱道：

什么东西四角四方？

什么人儿站在当央？

什么家什来来往往？

什么物件溜油光，溜油光？

接着自答自唱：

我家的锅台四角四方，

刷锅的女儿站在当央，

手里的炊帚来来往往，

把锅刷得溜油光，溜油光！

这时乾隆心想：历来多数女人整天围着锅台转，她们默默无闻地来到这个世界，然后又默默无闻地度过一生，一辈子平庸无奇。

乾隆颇有几分爱怜和同情，醉眼蒙眬地说："唱得好！姑娘好俊俏，有福气。"

这几句话，让萧庄头心里打上了如意算盘：历来王公大臣都想把自己的女儿送到宫内，今日天赐良机，何不……然后说："现天色已晚，圣上可否住下？"

乾隆也喝多了，然后一点头。萧庄头非常激动，便左说右劝，让萧晶玉夜间陪伴乾隆。

乾隆也不是柳下惠，没有坐怀不乱之功。

清晨起来，萧晶玉向乾隆讨封。乾隆一看事已如此，不能对不起这位乡村女子。张嘴便封晶玉为贵人，答应回京之后，便派人来接她进宫。

作为贵人的萧晶玉从此以后，大门不出，二门不迈，独坐绣房，盼星星，盼月亮，从春盼到夏，从秋盼到冬，一年，两年，三年……总不见皇帝派人来接她。她忧愁成疾，花容憔悴。萧晶玉在想："我是不是被'真龙天子'骗了？"

萧晶玉在思念、心伤、悲愤、郁闷中，以书为缘，以酒为伴，发愤写起小说来。她终于写出了四十万字的《十粒金丹》，又名《第一奇女》《宋史奇书》。

该书借古讽今，以宋神宗历史时期为背景，生动地塑造了女英雄高梦鸾横枪跃马、出奇制胜、杀敌立功的形象。该书彰善瘅恶，劝忠劝孝，庄谐并作，异趣横生。相传，书中上米仓、下米仓、别龙山、泅溜等地名影射的就是如今的上仓、下仓、别山、溵溜各镇。该书刊出后，风靡一时，被称为"一代文学奇书"。先后有多个版本刊行于世，并搬上各地的戏曲舞台。

在乾隆年间，此上仓酒几经战乱、工艺变迁等诸多原因转产为兴泰德烧锅酒，在民间，兴泰德烧锅酒留下了"乾隆上仓访名酒，才女发愤著奇书"的传说。

中国是酒的国度，武夫侠客、凡夫俗子的悲伤忧郁欢乐激愤都少不了酒的陪伴。帝王君子、文人雅士在历史上留下足迹无不与酒无缘。萧晶玉由皇帝的临幸之酒，到自己郁郁寡欢的人生苦酒，到后来被世人称道的奇女子之美誉酒，正因这酒，成就了她创作上的机缘和动力。她在发奋中，文思如泉涌，成就了辉煌。留下了"李白斗酒诗百篇，晶玉饮酒著奇书"

乾隆
拜蓟州

的故事。

　　到了清代同治年间，该酒坊的生意扩大到了北京，被慈禧太后赐为御酒，传旨后宫总管，在御膳房常备此酒。多少年来，无数文人墨客流连于此，酣饮于斯。当然，这也是后话。

　　咱接着说，乾隆引领皇太子和王爷子弟，祭拜蓟州三件宝之后，他寻李白喝过的酒，引出萧晶玉的故事。他饮酒之前要求众臣和皇太子王爷子弟"吃百姓饭，体恤百姓情"。那么，刘墉和和珅吃的是什么？这回和珅可长了心眼儿了，说："刘中堂，我跟定你了，你吃什么我吃什么，您准备吃点什么美食？"

　　"好啊！跟我吃美食，这种美食，保证你吃完一辈子不忘。"

　　"什么美食？"

　　"咱喝汤。"

　　他二人在何处喝的什么汤？喝汤之中，又演出了什么样的传奇故事？此故事，使乾隆大为吃惊，又富有趣味。

三十三．和珅喝汤

刘墉带着和珅来到了蓟州第一大镇——邦均。邦均有一条著名的小吃街，走在这条街上，满街飘香。除各种美味小吃之外，最吸引人的是这条街的汤。

和珅在街上闻着从未闻过的香味儿，带着肚内的馋虫、嘴里的口水以及想立即吃到嘴的欲望，忍耐不住地问刘墉：

"刘中堂，咱就是在这儿喝汤？太香啦！这是什么汤啊？"

"羊汤。"

和珅在京城吃的是山珍海味，没喝过羊汤。

"光喝汤？"

"这是蓟州著名美食，是劳苦大众能吃得起的美味。而且，除劳苦大众之外，来邦均经商的客商、达官贵人、太太小姐、赶集的、赶车的都喜欢来上一碗邦均羊汤。"

到这条街上一看，虽然也有各种饭店、小吃，但卖羊汤的非常多。每个羊汤馆门前都摆着一口大锅，下面点着火，锅周边放着羊肝、羊心、羊肠子、羊肚儿、头脸、蹄筋，还有小胎羊……一碗老汤，想吃什么羊杂随便点。里面配以翠绿香菜，点上花椒水和香油，还可以放上秘制胡椒粉、辣子油，一汤混百味。两个大子儿一碗汤，一个大子儿一张饼。喝着羊汤、嚼着大饼，尽显蓟州的豪气。蓟州人有一句话："大饼羊汤吃饱了，一天不饿。"

刘墉、和珅来到一处富丽堂皇的店铺，古色古香建筑，掌柜的在门口的羊汤大锅旁边吆喝着，其中有一句话，和珅特别感兴趣，那就是"吃什么补什么"。

"太好啦！"和珅一拍大腿，跟刘墉说："我吃什么您甭管。"

然后冲着跑堂的伙计悄悄地说："来俩羊肾，仨羊鞭，四颗羊睾丸。"

为什么和珅喜欢这些东西？您有所不知，和珅虽然妻妾成群，但他只有两个儿子，还死掉一个，他恨不得自己子孙满堂。

这时，掌柜的进来，一见两人虽着便服，但气度不凡。每年他都接待来遵化及蓟州谒陵拜祖的达官显贵、大小官员。他们都喜欢喝这里的羊汤。掌柜的操着蓟州口音，走进和珅面前身施一礼："先生，能否借一步说话？"

和珅随他来到旁边，掌柜的说："您点得太多。"

"是没货？还是怕我不给钱？"

"都不是，不中。"

"有啥不中的？都上来，哪样尝着好吃，我就多吃，不喜吃的少吃。"

"不中！"

"嗬！什么不中不中的？有什么不中讲！"

"他……您恕我直言，在俺这儿喝汤有讲究。"

"什么讲究？"

"这都讲究以形补形、以色补色，如您点的羊肾，具有一定补肾气、益精髓、壮阳气的作用，可辅助缓解肾虚劳损、腰脊疼痛、脚膝痿弱等症状。但需注意肾虚分为肾阴虚和肾阳虚两种，羊肾属于温性食物，更适合于肾阳虚的患者食用。对于肾阴虚的患者来说要尽量少吃羊肾，吃过多羊肾有

乾隆
拜蓟州

可能会加重燥热、盗汗等症状。不知先生您是肾阳虚，还是肾阴虚？"

"我……我也不知道我是肾阳虚，还是肾阴虚。你们这邦均卖羊汤还管治病？"

"医食同源，我们山里人讲究这'饭吃好了长寿，吃不好减寿'，不在乎山珍海味，穷人也吃不起，但讲究吃对。"

"讲究！"

和珅太感兴趣啦！也没有那么趾高气扬啦！他被蓟州的一碗羊汤"拿下"。然后，他左顾右盼，谦和地说：

"有烦掌柜的，再给我讲讲……那……两样。"

"羊鞭，是一种名贵的保健食品，是公羊的生殖器官，具有滋补作用；羊睾丸，我们山里人就叫羊蛋，有补肾壮阳，强筋健骨的作用。羊鞭和羊蛋都具有壮阳的效果，但羊蛋的壮阳效果更好一些，主要是羊鞭对预防骨质疏松效果更好一些，羊蛋性温，入脾，有益气补虚，温中暖下的作用。羊蛋对提高男性性功能有很好的功效。"

掌柜的一番话把和珅说得全神贯注，眼神儿发愣，又悄悄地问：

"那个……羊鞭和羊蛋哪个……"

掌柜的一听就明白，聊了半天，和珅一点水都没喝，便喊伙计："上碗高汤。"

这汤里面，可没有放任何羊杂羊肉，也没有放盐、葱花、香菜等任何佐料，浓白浓白得黏稠挂碗。

和珅喝了一口，满血复活。就听掌柜的继续将二者的功效、食用禁忌等细细讲来。

和珅喝着羊汤、听着课心想，光是喝汤就比宫内的什么丸散膏丹宫廷

秘方都管用，但得天天喝，他一拍大腿，有主意了。

随手掏出二十两银子，然后说：

"我是宫内和珅，我要你的祖传秘方。"这可把掌柜的吓坏了，马上跪下磕头：

"小人不知和中堂到此，万请恕罪。银子不敢收，这秘方……"

和珅看他不愿交秘方，说：

"天下之物皆归王土，秘方是给宫廷御膳房的，你……"

掌柜的知道和珅心狠手辣，往远处望了一眼刘墉。

刘墉以为和珅在那儿问壮阳之私事，心想，此事不可多问。然后是有吃有喝，美美地哼着小曲儿，都不往这边看。

掌柜的踌躇半天，心想，告诉你，你也不一定学得会，然后说：

"首先我们这儿的羊跟别处不一样。"

"有何不同？"

"别的地方羊吃草，我们这的羊在山上吃的是中草药，我们这儿的山上到处都是野生的灵芝和各种仙草，各种不同类型的中草药喂养的羊，味道不一样。京城中不？"

"中！"

和珅也这味儿啦！

"这不难！我可以把这儿的羊运进宫廷。"

"其次，当天食材当天用，第二天绝不卖头天剩下的羊肉、羊杂碎。京城中不？"

"中！"

"再次，加工羊杂有讲究，羊心从中剖开；羊肠加白醋、盐搓去异味；

羊肚切开，加面粉、葱姜搓洗干净；羊肝、羊肺、羊头皮洗净。绝不可用热水去血去腥，而是将这些食材放在细细流水的瀑布下，用山泉活水冲三个时辰以上，不仅去血去腥，而且所有脏器之脏物全部冲刷掉，肉不紧而有活性，我们当地叫'活杂碎'。为什么我们这儿早晨没有卖羊汤的，因为凌晨进货需要加工、需要时间。京城行吗？"

"这……你们这汤为什么这么浓？"

这可是秘方，我这个说相声的，从宫内御膳房查到和珅从蓟州这家羊汤馆骗走的秘方，其制作重点，在这儿不吝笔墨，公布重点：

熬制羊汤时，除了羊骨，其中一个秘方是鲫鱼，一般选用每条二三两重的，宰杀洗净后用羊油（不能用其他油）煎至金黄，为了防止鱼骨泄到汤里，要为其穿上一层"纱衣"，鱼羊同煮，香中透鲜。需要注意的是，鲫鱼的量不可过多，不然会掩盖羊汤的本味，一般 40 斤羊杂碎配 6 条鲫鱼。

原料的放置方法、顺序也很有讲究：羊骨、鲫鱼放在锅底直接受热，能最大限度地冲出骨中的蛋白质，使汤汁浓白鲜香；之后按照原料成熟的时间，依次分层放入羊肉、羊肚、羊肠，先冲出汤汁味美，羊肚可帮助汤汁变白，羊肠则是汤汁浓稠的利器。待将这三种原料煮好，羊汤已经初具雏形，集鲜、白、浓于一体，这时再放入心、肝、肺等，汤汁就能为其补味。需要注意的是，羊肝煮制时间过长口感会绵粉，大火煮 15 分钟即可。

至于调料大同小异，不同的是，这家羊汤馆为了适应南来北往的客人，可将羊汤盛入小碗，由食客依照喜好在汤中添加盐、香菜等小料，通常还会有腐乳、自制辣油、韭菜花等蘸碟。喝原味羊汤，夹喜欢的羊杂蘸食；除大饼之外，还有油条、烧饼供选择。

和珅吃美了，秘方也拿到手，高兴。他也学乾隆，喊了一句：

"笔墨伺候，我要为你们题一块匾！"

题的是什么呢？

"天下第一羊汤、羊肾、羊鞭、羊蛋。"

然后落款"和珅"。

掌柜的和众伙计喊：

"好！"

刘墉不知道怎么回事儿，看这边儿提笔挥墨，围着一圈人，赶紧上来看看。这和珅一看刘墉来了，不想介绍他，冲刘墉说的一句话，太气人啦：

"唉！你认识字吗？"

"我学识浅薄，认不了几个字。"

"念得下来吗？"

"我试试。"

刘墉端详了一下这幅字，然后大声地念："天下第一羊汤、羊肾、羊鞭、羊蛋和珅。"

"羊蛋和珅！"这句把所有的人全乐趴下啦！

和珅急了："你念到羊蛋那儿，为什么不断句儿？"

"我学识浅薄，没认识几个字"。

"嘀！在这儿等着我啦！"

这时，就听外边有马的嘶鸣，看到有几匹马停到饭馆门口，气冲冲地冲进一个人，后头还有几个仆人，进来就大声地问："和中堂……"

怎么回事？他是这附近村里的一位进士，听说和中堂在这儿喝羊汤，便找到和中堂，说："我要找皇上告状。"

"告状？你去他行宫啊！"

"不行！有太监挡着，我的状子递不上去。"

"那我有什么办法？"

"你是乾隆皇上的宠臣，今天你要不领我去面见皇上，委屈的我，就一头撞死在这儿。"

"啊？这么大冤屈？那我要问问，你想告谁？"

"告一个小孩儿。"

"告小孩儿？这孩子多大？"

"多大……正吃奶呢！"

"啊？一个进士告一个吃奶的小孩，这蓟州怎么什么新鲜事都有。"

刘墉一打听，觉得太可乐啦！这个状还非告不可。于是与和珅商量领他去面见乾隆，和珅喝羊汤喝得正美呢，来一个人打搅，心里不痛快。但一听这个事儿，也觉得新鲜有趣儿。这是什么样的新鲜事儿呢？

乾隆
拜蓟州

三十四．乾隆断案

和珅与刘墉带告状人面见乾隆，乾隆问："你是何处人士？"

告状人跪奏："我家住东大毛庄，姓毛，家父与我两代进士，现居乡经商。"

"因何告状？所告何人？"

"今年除夕夜，不才亲自挥笔在自家大门口写了副对联：

父进士，子进士，父子皆进士；

婆夫人，媳夫人，婆媳都夫人。

没想到，半夜被一个小孩给改了。"

"哪的小孩？多大？姓甚名谁？"

"这个小孩就是我们村的，姓毛，还吃奶呢，没有大名，都称其'阿猫'。"

"还吃奶呢？他怎么改你写的对联？"

"他趁着夜深人静，用毛笔在我家春联的上联描了三笔，在下联添了九笔。第二天一早，也就是大年初一的凌晨，我家门口围满乡亲，都对着春联指手划脚，偷偷地乐。我走近一看，他在上联进士的"士"字上，把下面短的那一横描长了，在夫人的"夫"字上加一撇，"夫"成了"失"，在

200

"人"字上加上两横，"人"成了"夫"，我的春联就成了这样。"

　　父进土，子进土，父子皆进土；

　　婆失夫，媳失夫，婆媳都失夫。

　　人们都捧腹大笑，并夸赞阿猫。

　　夸赞阿猫？乾隆心想：乡亲们不替你说话，反过来夸赞改写对联的小孩，看起来你这个进士很不得人心。然后问：

　　"阿猫几岁？"

　　"五岁，乡下人断奶晚。"

　　"五岁的孩子能有这个才华？"

　　"我也是这么想的，所以我怀疑是其父毛芝兰指使，恳求圣上治罪毛氏父子。"

　　乾隆问刘墉："你可知毛芝兰？"

　　刘墉答："毛芝兰之父曾任直隶蓟州知州，其幼小随父由河南北迁，寄居东大毛庄。后父母去世，幼小的毛芝兰由村内姓毛的哺养，改姓毛。"

　　"此人从事何业？"

　　"毛芝兰是理教创始人羊宰号来如的得意门生，毛芝兰现随师久居理教的发源地，即蓟州下营村南二里处的岐山。"

　　乾隆对理教并不陌生，理教也称理门，是倡导戒烟酒、行善事的民间宗教。因理教发源蓟州，天津也有诸多信徒。天津上岁数的人恐怕都记得，当你敬对方烟或酒时，对方说："不抽或不喝，我在理儿。"

　　往往都能得到尊重。

而乾隆却对改对子的小孩儿有兴趣，吩咐人立即将小孩儿带到面前。因为皇上听完改写的对联，也觉得有趣，但对一个还在吃奶的小孩是否有此才华，产生了怀疑。

当快马到东毛家村，将小孩带到乾隆面前时，嗬！乾隆喜欢，这个孩子在众多高官面前，也不怵阵，落落大方且彬彬有礼，在乾隆面前跪道：

"阿猫拜见皇上，不知万岁何事召见？"

太招人喜爱啦！还会这些词儿？

乾隆问："你今年几岁？为什么叫阿猫？刚才在家干什么呢？"

阿猫答："我今年五岁，叫阿猫的原因是我娘说'小猫小狗好养活'还说'猫机灵，猫有九条命'，您问我刚才在家干什么呢？我正吃奶呢！"

乾隆问："你一个吃奶的孩子，能改人家对联？是谁指使？"

阿猫答："没人指使，村里的爷爷奶奶叔叔大爷们都夸我改得好。解气！"

他把这个进士也告啦！乾隆想：看起来我猜对了，这个进士也太没人缘了。便说："朕念你年少，不追究你对他人侮辱之罪。但是，如果这春联真是你改的，那么朕出一上联，你是否能对下联？如对不上来，两罪并罚。"

阿猫丝毫不胆怯，说："皇上赐教。"

皇上看一个不满五岁的小孩儿这么有礼貌，心里高兴，便说：

"我的上联是：

　　平谷密云旱三河；

当时三河干旱，阿猫略一沉思，说：

"我有了。"

乾隆
拜蓟州

遵化丰润湿玉田。

那年玉田闹涝，不但地名对得上，而且"旱"对"湿"挺对仗。皇上喜欢他，认为这是个小天才，便对告状的说：

"你告其父指使，证据不足；你跟一个吃奶的孩子打官司有失气度；一个孩子改你的对联全村拥护，你作为进士也应自检；孩子由朕教育，你退下回乡去吧！"

这进士弄了个没趣儿，乖乖地退下。再看乾隆将阿猫留下，说："朕念你才华，给人家添笔改对联一罪全免。但你不能走了。"

"啊？不让我回家？"

"对！留在朕身边，接受更好的教育。"

阿猫一听就哭了，说："我想我娘……我想娘……"

皇上一看当着这么多文武大臣，孩子哭得这么伤心，怎么办呢？

皇上又心生一计，说："这么办吧！你今天再对一个对子。若对上了，朕许你回家；若对不上，你就留在宫内。"

阿猫说：

"行！"

皇上说："我这回出的上联，可难。十一个字都是带宝盖儿的；你对下联，也十一个字，全是带走之儿的。行吗？"

刘墉与和珅及文武百官一听，认为："皇上这不欺侮小孩吗！"

乾隆是不想让阿猫走，心想：你肯定对不上来。皇上闭着眼，吟道：

寄寓客家牢守寒窗空寂寞；

乾隆
拜蓟州

太难啦！十一个带宝盖的字，要对十一个带走之的。而且意思是你爷爷是河南人，不是当地人，寄寓别人家，牢守寒窗，这样读书太寂寞啦！不如随皇上进宫。

在场的众臣都觉得此联太难，替阿猫捏了一把汗。

这时小阿猫略一沉思，答道：

迷途回避退还远逵返逍遥。

十一个字的下联，全带走之，而且还表达了想回家的意思。

神啦！

皇上一拍手："神！神童！"

刘墉赶紧告诉阿猫："快！谢恩！赶快谢恩！"

阿猫一叩首："谢万岁，我找我娘吃奶去了。"

乾隆颁旨："此童念书及生活等一切费用由蓟州上交税赋中支出，待其成年后进宫为官。"

后来，这个蓟州"神童"怎么样啦？他并未为官，而是随父毛芝兰进天津传播理教。先在天津小稍直口福寿宫送"法"与领"法"。其中许多传说故事，越传越神，成为在理教诸多传说故事中的经典，也使天津成为全国理教中心。鼎盛时期，天津共建立理教公所一百零四处、二众（女信徒）公所二十四处，共计一百二十八处。此外，上海、北京、沈阳等地理教遍布。各地公所都将济困扶危，兴办公益事业作为理教的主要任务。如天津老西开公所还建立了一个专门机构——公善社。该社经常告诫人们要爱惜字纸，定期向寡妇发放救济款物，对贫民死亡施舍棺匣，掩埋倒葬街

头的无主尸体等。此外，如春季种痘，夏施暑药，冬舍棉衣等，也是理教的日常公益事业。理教兴办的这些公益事业，不仅赢得了民众的广泛拥护，而且后来还得到了像维新志士谭嗣同的同情与肯定。为了探索其"江湖之秘密"，谭嗣同在天津加入理教。他考察后的结论是"从其教者，几遍直隶。非其教主力能尔也"。因为理教除通常的慰藉功能之外，"又严断烟酒，亦能隐为穷民节不急之费，故不论其教如何，皆能有益于民生"。民族英雄林则徐禁鸦片，其主要方式有三：一是强令禁绝；二是劝导戒除，三是在理戒除，即加入"理教"组织以戒毒。

这都是蓟州人的贡献。

再说和珅，深感蓟州人杰地灵，并动起了歪脑筋，动的是什么脑筋？如何被蓟州人识破？为什么首先由蓟州人向朝廷喊出"杀和珅"。老百姓认为和珅有篡权夺皇位的野心，不除和珅，江山不保。这是怎么回事呢？

三十五．蓟州首先喊出杀和珅

　　和珅贪污众多钱财还嫌不够；地位显赫，亦满足不了其膨胀的野心。他更大的野心是什么呢？相传是篡权当皇帝，为了给自己登基称帝做准备，他背着乾隆私自征召了大批工匠，在蓟州城东二十里的地方，修起了陵寝。他为啥相中这个地方呢？他想：当年顺治爷选陵，选在蓟州（当年遵化属蓟州），保证了大清盛世。我选的这个地方，也定能保我和珅。他所选的这个地方，离清东陵近，要和那儿比个高低上下；这地方地势宽敞，四周围有山，成为天然的屏障，蓟运河从陵区蜿蜒流过。在修陵的工匠里面，他百里挑一，有一个"雕石世家"姓石。他父亲和爷爷都为王爷、太子陵雕刻石碑，他雕出的龙，昂首奋须，跃跃欲动；刻出的凤，彩翅翩翩，矫健腾空。据说乾隆在盘山的摩崖题刻，也大多出自"石家"。石家第三代，名石壮。小伙子有文化，又心灵手巧，跟父亲和爷爷练出了一手好功夫，他手下的凿斧雕形刻字，龙飞凤舞。和珅选中了他，并不吝钱财，让其为修陵领工。胳膊拧不过大腿，石壮被硬逼着到了工地，开石雕石，刨沟挖沙，起早摸黑，累得腰疼腿酸，允诺的工钱不但不给，伙食还极差。他带领的弟子和村民牢骚满腹，怨气冲天。吃不好，没力气，监工的鞭子立即抽打下来。有人逃跑，监陵官为了杀一儆百，把逃跑的石匠绑在树上，拷打示众。和珅为了成为真龙天子，在马伸桥到下埝头这十多里的地方，挖了一条一百道弯的龙河，中间从陵区通过。当挖到九十九道弯的时候，河

底出现了白色流沙。石壮放下手里的活，仔细查看，他有权威，和民工们说："和珅这下子完蛋了，要是挖一百道弯他就成龙了，可现在挖到了九十九道弯出了流沙，应了沙河深（杀和珅）之言。"众乡亲一听，觉得解气，沙河深，杀和珅！此话渐渐传开。

此话刘墉得知之后，立即将和珅在蓟州修灵一事面告乾隆。并将蓟州百姓编的顺口溜——"老和珅，万民恨，想篡位，修大坟。糟万金，倾黎民。沙河深，杀和珅"也一并呈上。乾隆晚年也识破和珅，他是怎么策略智慧地向继位的嘉庆暗示"杀和珅"的呢？和珅身为兵部尚书，牢握兵权，他又是怎么被抓？怎么被杀的呢？

 三十六．和珅如何被杀

　　刘墉向乾隆反馈蓟州民众喊"杀和珅"时，乾隆已 88 岁高龄，执政
60 年。已选择禅位于儿子颙琰，也就是后来的嘉庆皇帝。同时，他也发现
贪官和珅独掌军政大权，和珅以下，各级州府道台无不贪腐、以贡上级。
许多地方因贪官污吏豪强横行，民怨载道。为保证嘉庆皇位，也借用蓟州
人的智慧，召见儿子颙琰，想看看他的气魄、胆识。他问儿子颙琰："京师
附近有清河，有沙河，清河深？还是沙河深？"颙琰非常聪明，答："沙河深
（杀和珅）。"

　　乾隆满意地点了点头，

　　世人都知，当年嘉庆皇帝处决和珅，堪称神速。嘉庆三年（1798）冬，
太上皇乾隆由于风寒病重。

　　嘉庆四年（1799）正月初一，太上皇这天身体突然变得很好。觉得应
以体健安天下，便决定举行朝贺，在颐悦宫赐宴诸皇子、妃嫔，畅叙天伦
之乐，高兴，又喝了一些酒。

　　正月初二，太上皇突然又觉精神不振，筋骨疼痛，宫人忙请太医诊
治，说是酒后中寒，年高气弱，药食无补。

　　嘉庆四年正月初三辰时，乾隆帝驾崩。

　　嘉庆秘诏刘墉等商议对策，一致认为：现在是最危险的时刻，如果和
珅要在乾隆驾崩之时发动政变，单靠着他九门提督的权力就易如反掌。决

定要先发制人，先把和珅及其亲信稳住。于是紧急召见和珅进宫，此时和珅并不知道太上皇崩逝一事，正在家中与姬妾寻欢，并盘算太上皇驾崩篡权之美梦。忽听太上皇乾隆召见，他紧急进入宫中，只听宣谕官念道：

"太上皇驾崩，一切丧仪著派睿亲王淳颖、成亲王永瑆、仪亲王永璇、大学士和珅、王杰，尚书福长安、德明、庆桂、署尚书董诰、尚书彭元端、总管内务府大臣缊布和盛住总理。"

把和珅排列在诸王以下，群臣之首位。和珅一听，心里窃喜，认为自己排列群臣之首，已得到新皇嘉庆宠信，仿佛吃了颗定心丸，出了一口长气。殊不知，这是以让和珅办理后事为借口，将和珅严密控制起来。但和珅毕竟是太上皇选拔任用的重臣，为了掩人耳目，嘉庆暗中指使大学士刘墉、给事中王念孙、御史广兴等人，纷纷上疏，列举和珅种种罪状，进行弹劾。

正月初四，也就是第二天，和珅正忙着为太上皇治丧时，嘉庆带着满朝文武，传旨：

"革除和珅军机大臣、九门提督等官职，让和珅昼夜在大内为太上皇守灵，不得擅自出入。"

从这天起，和珅已完全失去了人身自由，除了守着一具老人的尸体痛哭自己的命运外，就是默默祈祷上天的保佑了。

正月初八，嘉庆一看时机成熟，和珅罪状已内外知晓，下令刑部缉拿和珅。这时，和珅正在殡殿一旁的侧室中休息，只见十几个禁卫和内侍，在德林率领下，喝道："圣旨到！"

和珅听得"圣旨"二字，被闹得迅雷不及掩耳，不知是福是祸，只得素衣素冠跪在地上，连头也不敢抬，准备接旨。宣谕官高声念道：

"和珅欺罔擅专，情罪重大，着即革职，锁交刑部严讯。钦此！"

　　和珅好像晴天霹雳，躲无可躲，避无处避，直吓得浑身骨头都酥了，连站也站不起来。钦差忙招呼侍卫，将和珅押到刑部。禁卫已不把和珅当大学士看待，毫不客气，铁锁往和珅脖子上一套，拖着就走。

　　嘉庆又传旨：

　　"由仪亲王永璇、成亲王永瑆、定亲王绵恩、七额驸拉旺多尔济、大学士刘墉、王杰、董诰及盛住、庆桂等人负责查办和珅。其中，刘墉、王杰、董诰讯问，由刘墉主审。刘墉下令："传和珅！"

　　这时，和珅被五花大绑，押了上来。

　　审讯虽然艰苦，和珅进行诸多狡辩，但在事实面前和珅对自己的罪状供认不讳。

　　随后，嘉庆召集王公大臣说：

　　"和珅寡廉鲜耻，营私舞弊，甚为可恶，为整肃朝政，警告将来，特下令抄家。派永瑆、盛住、庆桂去查抄和珅住宅；派绵恩、淳颖和缊布等人查抄和珅花园；派永锡、绵懿和永来等人查抄和珅御赐花园即淑春园；派书鲁、姚良与穆腾额等人查抄和珅热河寓所；派特清额等人查抄和珅蓟州坟茔。"咱单说和珅在蓟州建立坟茔阴宅，居然仿照皇陵设立享殿，人称和陵。其篡位之心，昭然若揭。

　　第十三天，和珅便被定下了二十条大罪。

　　关于所抄家产，数字庞大不费笔墨，您听着也枯燥。仅举一例，和珅家产有白银八亿两之多，而当时清朝的年国库收入在七千万两左右，这八亿两白银相当于当时国库收入的十多倍。

　　正月十七日，对和珅下了判决：

　　"将和珅照大逆律，凌迟处死。"

乾隆
拜蓟州

"凌迟处死"，即在处决犯人时，将犯人的肢体分割，然后割断其咽喉。

乾隆的十公主听到公公要被"凌迟处死"的消息，赶紧跑来向嘉庆皇帝求情。

她乞求嘉庆："望皇上看在皇考的分儿上，请全其肢体。"

站在旁边的刘墉，也在一边说情："和珅虽千刀万剐，都难解心头之恨，难以抵罪，请皇上看他曾是先朝大臣，恩赐令其自尽，其余家属，一概不牵累。"

他们的求情不仅保证了和珅的全尸，而且还保护了和珅的家人，尤其是和珅的宠妾长二姑，即二太太。俗话说妻贤夫祸少，和珅也是如此，在丰绅殷德生母冯氏故去后，长二姑主掌和珅家一切事务，并是和珅敛财的好帮手。她为和珅卖官出谋划策，收受礼物由她安排。和府上上下下几百人，上至幕僚，下至厮仆，远至佃户，近至工匠，四进八节，都得备丰盛礼物，送二太太，若惹着二太太，那饭碗当时就砸了。长二姑的娘家人，在她的帮助下，一个兄弟做了知县，一个成了富甲一方的盐商。另外她的子侄也都在衙里，靠和珅的招牌，谋了肥差。有人求驸马或公主办事，也由二太太一人代劳，并从中渔利。在和珅处死的第二天，她自知罪孽深重，也悬梁自尽。

正月十八日，嘉庆皇帝谕旨："和珅著加恩赐令自尽。"

禁卫送来了一条白练，紧接着司帛的两名太监进了监房，宣了谕旨，和珅谢过龙恩，然后对站在旁边等待收敛的二太太说："我死是罪有应得，你告诉孩子丰绅殷德一班人，要安分守己，不要再辜负天恩了。"

然后和珅提笔写道：

乾隆
拜蓟州

五十年来梦幻真，

今朝撒手撇红尘。

他时水泛含龙日，

认取香烟是后身。

不到一个时辰，太监检查一下和珅尸体，断定确已死亡，丰绅殷德在十公主的帮助下，连夜将和珅尸体装入棺木，由提牢厅验封后，抬了出去，在蓟州刘村找了块地，埋葬了和珅。

蓟州人厚道，也有着可贵的道德底线。多年来，外地人打听和珅埋葬之处，均说不知。而在蓟州老人之间，为了对外保密，也不称和珅墓，只称"小陵"。

今日，在蓟州县城东边，有一座新中国成立后建起来的人工湖——翠屏湖。这里碧波浩渺，群山环抱，风景秀丽。当湖水水位下降的时候，从北面的公路往南看，可以望见湖里卧着一个小岛，即人们所称"小陵"。这是和珅给自己修建坟墓的地基，其他墓地设施，被朝廷没收、铲平。蓟州人容忍和珅葬于此，并保留了和珅之墓。

壬寅年初冬

我写此书的主旨有二，第一是传统相声中的"八大棍"，即长篇单口相声，近年鲜有新作问世。长篇单口相声是我们相声艺术历史长河中取之不竭的宝库，如：《满汉斗》《乾隆下江南》《纪晓岚与刘罗锅》《珍珠翡翠白玉汤》等，都是颇受观众欢迎的节目。随着历史的发展，观众欣赏水平的日益提高，有一些故事情节已不为人可信，像和珅不学无术，乾隆离开京城就是为了游龙戏凤，等等都缺乏史学依据。但前辈艺人所留下的艺术精华、故事结构、文学积淀是不应该丢弃的。追根溯源，乾隆、刘墉、和珅的系列故事，始自传统评书《刘公案》。聪明的相声前辈们，取其精华，融入相声技巧，并发挥每个人的表演特点，经过百余年的流传发展，版本颇多，精彩各异。我是 1961 年从事相声学徒的，诸多老艺人各自不同的二度创作，给我留下挥之不去的印象。当年，剧场实行计时收费，评书是每十分钟一分钱，而我师父杨少奎在河北鸟市百鸣书场说《满汉斗》每十分钟二分钱，且座无虚席。我当年去书场伺候师父连学艺，他的同一部《满汉斗》，即便是重复演出，每一次都不一样，给喜欢听他的观众以新鲜感。给我开蒙的恩师刘奎珍，说《乾隆下江南》与杨少奎的版本又完全不同。他们各自的精彩，真是让我佩服得五体投地。优秀传统不能丢失，这就是我写乾隆、刘墉、和珅故事的初衷。该书对于诸多老艺人的故事结构、包袱儿等都有参

乾隆
拜蓟州

照吸纳继承，并对严重失实且缺乏史料依据的部分进行了更正。

写此书的第二个主旨，是对家乡的感情。20世纪80年代初，天津举全市之力，修复黄崖关长城、盘山等古迹。并由天津市原文化局、原旅游局，天津市文联及蓟县（今蓟州区）等单位组织成立"爱我中华，修我长城"赞助活动指导委员会办公室，常设办公机构设在原市文化局，而我当时正在市文化局工作。由于当时百废待兴，精力、财力、时间迫切等原因，黄崖关和盘山之外的蓟州名胜古迹，未得继续深入开发。诸多文史专家也还未全部落实政策，包括当时所提出的口号，如"早知有盘山，何必下江南"等都缺乏史料依据。白驹过隙，时间过去了30年，如今，从全国旅游旅游产业的高度和传承中华文化底蕴的角度看，蓟州有许多可以作为在全国翘楚峥嵘之亮点，未得到深入挖掘，也使我耿耿于怀。我以为，蓟州的竞争，绝不能局限于发展"农家院"，这也是我作为一个文化人，写此书的另一个主要原因。

还需要说明的是，2022年夏，我在蓟州避暑期间，采访捉笔，拟了结心中之愿，但由于水平和时间所限，还有许多不尽完美之处。而且此书是一气呵成，未再次斟酌错字错句及起承转合，就交给了天津社会科学院出版社，余自知会给该书文稿统筹编辑吴琼增加繁重的工作量，同时我也感谢韩鹏副社长及美编高馨月为本书付出了大量的心血，感谢姜昆兄在百忙之中为我作序。

欢迎读者不吝赐教，待有机会再进行重新修改。

癸卯立春